中公文庫

男の子になりたかった女の子に
なりたかった女の子

松 田 青 子

中央公論新社

目次

男の子になりたかった女の子になりたかった女の子

天使と電子

カードは二ドル札と一緒に封筒から出てきた。色あせた封筒は藤色で、同じく藤色のペンで私の名前がアルファベットで真ん中あたりになぐり書きされている。どっちの藤色も、かつてはもっと明るい色だった。

カードには、妙にまつ毛の長いユニコーンと金髪の天使の絵が描かれていて、バックの青い空には虹《にじ》がかかっている。ところどころラメで加工がされているから、触ると変な感触だ。だけど、このカードが変な感触なのは、ラメのせいだけじゃなかった。カードの左下にあるごわつきに気づいた瞬間、私はかつてこのカードをはじめて開いた時に起こったことを思い出す。

はじめは、何が起こったのかわからなかった。

しばらくして、機械の音、としか言いようのない変な音が急に聞こえ出したことに気づき、それから、それが自分の手の中にあるカードから発せられていることを理解した。テーブルを囲む大人たちから、いかにも温かい笑い声が上がる。自分にまとわりつくチカチカした音に気が散って、開かれたカードに書かれたメッセージが頭に入ってこない。私の十七歳の誕生日を祝う藤色の言葉。こちらが捕まえようとイライラして追い回しても、知らん顔をして部屋を飛び回る蚊《か》のようなメロディーにぼんやりしながら、カードに挟《はさ》まっていた細長い封筒を開けると、皺《しわ》一つない二ドル札が五枚入っていた。

「めずらしいかと思って」

　おずおずした日本語がテーブルの端《はし》から聞こえてくる。ユカさんの声だ。

　その頃のユカさんは二十代の半ばだったはずだ。アメリカで生まれ育った彼女は、小さい頃日曜学校で日本語を学び、おじさんおばさんが家では基本、日本語を話していたことで、両親が育った国の言葉をそれなりにちゃんと身につけはしたものの、日本語を話す時だけは、普段はＩＴ会社でばりばり働いているユカさんが、なんだか急に自信のない子どもみたいに見えた。そのせいもあり、その頃の私のキャラのせいもあり、それ以外のせいもあり、二人で話すとなんだかいつも緊張してしまって、スムーズに時間が流れなかった。

「ありがとう」

　おずおずした調子でユカさんの目を見ることもなく答えると、私はカードを閉じる。奇妙な電子音が止み、ホッとした。

　ユニコーンと天使のカードの世界観そっくりの、パステルカラーのケーキを食べ終わったお皿を皆でがたがたと片づけはじめた頃、ようやく、さっきの曲は『オズの魔法使』でドロシーが歌っていた「虹の彼方《かなた》に」だと気がついた。

アメリカのスーパーのカード売り場は大好きだったけど、こういうカードはあんまり好きじゃなかった。電子音の中途半端なメロディーを聞くと落ち着かない気持ちになるし、どうして素敵な曲をわざわざこの変な状態に生まれ変わらせる必要があるのかわからない。スーパーマーケットや歯科医院の待合室で流れている、ありとあらゆる名曲を駄目な魔法でオルゴール化してしまったオムニバスＣＤと一緒。情けないテクノロジーだ。それに、カードの一部分にちょっと厚みが出るから、ほかのカードと重ねると一枚だけ変な感じになるのも嫌だった。今だって、段ボールから発掘されたカードの束の中で、このカードだけちょっと違和感があった。だから、手にとったわけだけど。

そういえば、私はあの時一回しかあの安っぽい「虹の彼方に」を聞かなかったかもしれない。それってつまり、一回だけしかカードを開かなかったってことだ。

私は角のあたりが白くなってきているカードを開く。そして思わず耳を澄《す》ます。

何も聞こえてこない。当たり前だ、あの頃から、もう十年以上経っている。目鼻のついたお花たちに木の柵、周りの風景とどう因果関係があるのかわからないが風になびくリボンなどが描かれたカードの下のあたりに、藤色のメッセージがあった。

「お誕生日おめでとう。楽しい17歳を」

まるではじめて目にしたかのように、私はその短い英語の文章をしげしげと眺める。このカードが自分に関係のある時代があったのが、なんだかちょっと信じられない。

「何が、楽しい17歳を、だよね」

誰かがそう言った。

私は体中を強《こわ》ばらせる。

引っ越してきたばかりのこの部屋は幽霊《ゆうれい》部屋だったのだろうか。築五年の、和室もない部屋なのに。押し入れじゃなくて、憧れのクローゼットタイプの部屋にしたのに。五年でもう幽霊に憑《つ》かれてるって早くないか。体中の勇気をかき集め、後ろを振り返ろうとすると、声が言う。

「ミチルちゃん、ひさしぶり」

どこかで聞いたことがあるその声を、どこで聞いたんだろうかと心の引き出しを引っぱり出すまでもなく、そもそも答えは手の中にあった。これ、ユカさんの声だ。

ユカさん、と私がつぶやくように言うと、声はそうそうと気楽に相づちを打ってくる。

「え、ユカさん、死んだの？」

思わず、カードに向かって馬鹿《ばか》みたいに話しかけると、

「死んでない死んでない」と陽気な声が返ってくる。ユカさんが顔の前で左右に振った手が見えるようだ。

「じゃあ、何、この超常現象？」

「私もよくわからないけど、ユカが普段ほったらかしにしているユカの一部みたいなものが私のような気がする。本当のユカは今日も忙しく働いてるよ。絵に描いたようなワーカホリックだから、あの人」

「このユカさん、日本語うまいね」

「うん、私は観念のユカだから。本当のユカの日本語は、ますます悪化しています。あの頃はミチルちゃんとかいろんな子が日本から来ていたけど、最近はそうでもないから、日本語使う機会あんまりなくてさ。パパとママもがっかりしてるよ、張り合いがないみたい」

　ユカさん家の両親は、日本からの留学生を進んで受け入れていた。特にユカさんママは熱心で、日本の文化を広めるために、ボランティアで華道を教えたりしていた。その地域に住んでいるほかの日本人や、日本文化に興味のある人たちのコミュニティを形成していて、断り損ねると、よくわからないバザーに参加させられたりするので、気が抜けなかった。しかも着物を着てだ。誰がいつ置いていったのかわからないような、つんつるてんの、変な柄《がら》の。多分その時の写真も、カードの束が入っていた段ボールのどこかにあるはずだ。絶対見たくない。

　ユカさんは、そのすべてに引いていた。

日本から次々とやって来る子たちにも、甲斐甲斐《かいがい》しくその子たちの世話を焼く母親にも。

家にいると、私たちのケアを母親から押しつけられるので、できるだけ家にいないようにしていた。

私たちといっても、その時々で顔触れは違った。アメリカを経験してみたいと何週間かだけ滞在しては日本に帰って行く子や、寮生活をはじめる前の期間をユカさん家で過ごして行く子や、いろんな子がいた。皆日本で何かしら事情を抱えた子たち、子どもを海の外に出すお金の余裕が親にあった子たちだった。

たまに母親の頼みを断り切れなくて、ユカさんは土曜の夜に私たちを映画に連れて行ってくれた。

ユカさんはあまり話さなかったし、離れにある自分の部屋に私たちを招き入れることもなかったから、どういう人なのかあんまりわからなかったけど、車に乗せてもらうと、ユカさんの部屋に入れてもらったような気持ちになった。車種も色も少しも覚えていないのに、ユカさんのこの小さな部屋の細かい部分は今でも思い出せる。バックミラーに吊るされた厚紙のレモン。レモンの匂いがした。小さなクッションが二つ並べられた後部座席とリアウィンドウの間のスペースにはクリネックスが置かれていて、ユカさんがブレーキを踏み込むたび前後に滑《すべ》る。車に置かれたクリネックスの箱って、どうしてあんなにくたっとしてるんだろう。太陽光線を始終浴びているせいだろうか。

ユカさんはラジオを流しっぱなしにしているタイプではなくて、車の中にいつも何枚か

CDをのせていた。私たちが後部座席に収まると、ユカさんは適当に選んだ一枚をカーステレオに放り込む。たまに私たちが興味を示してこれ聞いてみたいと言うと、まんざらでもなさそうに、そのCDをかけてくれた。リッキー・リー・ジョーンズ、ジュリアナ・ハットフィールド、エディ・リーダー、リサ・ローブ。ユカさんは甘い声の女の人が好きだった。日本に帰ってきた後、タワレコの棚から『Angels & Electricity』のジャケットに顔半分だけ写っている赤毛の眼鏡《めがね》の女の人に見つめられて、ユカさんの車にあったアルバムだと思わず買ってしまった。今でも時々、コンビニとかお店の中で外国の女の人の甘い声が流れ出すと、この歌は今ユカさんの車で流れているかもしれないなと思うことがある。ユカさんはいつも窓を全開にして、長い髪がびゅんびゅん風に流れるにまかせていた。映画が終わった帰り道のバスキン・ロビンスで、いつもダブルのチョコミントを頼む私を、気味の悪いものを見るかのように眺めていた。バスキン・ロビンスは日本だと、31アイスクリーム。

「ミチルちゃんは、その後、英語は上達したの？」

　ユカさんの声が当たり前みたいに聞こえてくる。

「ううん、ぜんぜん。こっちいたら英語使うことほとんどないよ。高校卒業したらすぐ日本に帰ったし、留学先の学校に日本人結構いたからね」

　そう答えながら、どういうことなんだろうと、そもそもは「虹の彼方に」が内蔵されていたちゃちな装置の部分をカードの上から押してみるが、何の手がかりにもならない。ただの古びたグリーティングカードだ。

「まあ、ミチルちゃんの場合、語学習得が目的の留学じゃなかったもんね」

その一言で、現実が一瞬で遠くなる。

カードから声が聞こえている時点で現実がどうしたという感じだが、もっとはっきりと、自分と現実をつなぐ糸が切れてしまう。あの時のことを思い出すたびに、私は切れた糸をつなぎ合わせるはめになる。この糸は面白いくらいに、何度だって切れるのだ。どれだけ年をとっても、どれだけ糸の補強をしても無駄。

私は人を刺したことがある。中学三年生だった。同級生のちょっと悪い男の子を好きになった私は、自分も悪くなることにした。田舎の町では、悪くなることはすごく簡単だった。悪くなったおかげで付き合えて、でもその子の女癖《おんなぐせ》がちょっと悪くて、変なテンションになってしまった私は、ライバルの女の子の腕のあたりをカッターナイフで切りつけた。当たり前だけど、血が流れた。血を見て、貧血を起こして倒れた私は、当のライバルの女の子にお前大丈夫かよと助け起こされ、なんかもうめちゃくちゃだった。たいした傷じゃないと彼女が言ったことと、登場人物が全員わかりやすい不良だったので、大きな問題にはならなかったけど、神経をすり減らした両親はつてをたどってユカさんの両親を見つけ出し、私はアメリカに飛ばされた。あの時変なテンションになった自分のことを、私は今でも恐れている。あの頭にぼわっと熱を帯びた感覚はちゃんと覚えている。あの自分がまた顔を出したら、私は今度こそ本当にアウトだ。

「あの頃のミチルちゃん、すっごく暗い目してたよね。ミチルちゃんがこっちに来て一年経ったくらいの頃に皆で『オズの魔法使』をテレビで見てたら、無表情でずっと見てたくせにラストで急に泣き出してさあ、なんて不気味な子なんだと思ったよ」

「はは、このユカさん、性格悪いね」

言いながらも、自分の心にさっき立ちこめた黒い色をしたものが、さあっと晴れていくことに、私は驚く。不気味だったと軽く言われて、思い詰めていたあの頃の記憶も軽くなった。

「だからさあ、そういう暗い目をした女の子に、楽しい17歳を、はないだろうと自分で自分に言ってやりたい。どうせあれでしょ、アメリカまで飛ばされた自分と竜巻に飛ばされたドロシーを重ね合わせて泣いたってやつでしょ？　ゼアイズノープレイスライクホームにうるっときたんでしょ？　そう考えたら、カードの選曲もひどいよね。私なりに、きっとミチルちゃんは『オズの魔法使』が気に入ったんだと思って選んだんだけど。今は暗い目してるけど、そのうちきっと虹の彼方にいけるよというメッセージを込めてだね、多分。何も考えてなかった気もするけど」

確かに、『オズの魔法使』を私はすごく好きだった。でもドロシーと自分を重ね合わせたわけじゃない。虹の彼方に理想の場所があると歌いあげるジュディ・ガーランドの甘い声に、冒険が終わり、ゼアイズノープレイスライクホームだと歴史に残るセリフを口にしてふるさとに戻っていく、あのシンプルな世界の甘さに酔って、泣いたのだ。それは普通に映画と音楽と物語の力によるもので、現実の私とは関係なかった。

　現実の私は、冴《さ》えなさ全開だった。アジア人というのもたいした個性じゃなかったから、別にそれで目立つこともなかったし、アメリカもアメリカで、私の思っていたようなアメリカじゃなかった。私の通っていた高校には、日本にいる時に見たアメリカの学園映画のような、ぱっきりとしたヒエラルキーもないし、それになんとフットボール部がなかった。フットボール部がないということは、チアガールもいないということで、つまり、目立つ子がいなかった。すべてが地味で、詐欺《さぎ》にあったような気持ちになった。ふるさとが一番だと思うほど、私は日本を愛していなかったけど、アメリカにうっとりもしなかった。どっちもどっちだった。

　ただ、アメリカにいると、自己主張しないと自分が存在しないことになる瞬間があって、それには驚いた。いるのに、いないことになるって、アメリカの人はどういう目をしているんだろう。日本では、静かにしていても、いないことにはならない。ちゃんとそこに存在しているとカウントされる。あの、自分の輪郭が消えたようになる感触は、新鮮だった。ひどいなとも思うけど、同時にちょっと気持ちが良かった。透明人間になったみたいで。

「そういえば、うちのパパとママ、ミチルちゃんとこのパパとママとまだ交流あるみたいだね」

ユカさんが言う。ユカさん家の両親は、三、四年に一回は日本にやって来るのだが、そのたびにうちの両親は張り切って、いろいろプランを立てる。不良の一人娘を更生させてくれた恩を両親は決して忘れない。私は更生したのだろうか。確かに私はアメリカにいた三年の間に穏やかな人格を取り戻したが、それは前向きになったとかポジティブな気持ちじゃなくて、どこもこんなもんかと気が抜けたのだ。家から出ている私は両親たちほど頻《ひん》繁《ぱん》にユカさんパパとママに会うことはないが、たまに顔を見せると、今では普通に働いていて、ベージュのスーツとストッキングに身を包んだ黒髪ボブヘアーの私を見て、アメリカから来た二人は、毎度大袈裟《おおげさ》に喜んでみせる。何しろ、サンフランシスコ空港にはじめて現れた時の私は、ちりちりしたソバージュに真っ赤なルージュのヤンキーっぷりだった。ベタすぎる。

「あのお寺はレイクサイドにあるんだっけ？」

「とてもきれいなストレートラインね」

和食をうれしそうに食べながら、日本語と英語をミックスして話すユカさんパパとママの会話を聞くと、なんだかしみじみアメリカは自分から遠くなったと感じる。

「もしかしたらだけどさ、ユカさんのママってちょっと虚言癖《きょげんへき》あった？」

私は今まで誰にも言わなかったことを、ふと口から漏《も》らしてしまう。

「……あ、やっぱそう？」

十七歳の誕生日のちょっと前だったろうか、ある日、学校から帰った私は、深刻な顔をしたユカさんのママに呼び止められた。家にはその時誰もいなかった。促《うなが》されるまま、キッチンの隅の、備えつけの小さなダイニングスペースに座ると、ユカさんママはいつものやさしい声で話しはじめた。

「ユカが昨日の夜、急に泣きながら私に言うのよ、私きっと、ミチルちゃんに嫌われてるって。態度でわかるって、私に泣きつくの」

あの子、あんまり自分の気持ちを表に出すタイプじゃないから、これまできっと我慢してきたんだわと考えたらかわいそうで、ねえ、ごめんなさい、ミチルちゃん、だからちょっとあの子にやさしくしてやってね。

言っているうちに、ユカさんママは感極まったように泣き出した。びっくりした私が謝ると、ううん、いいのよ、ミチルちゃん、謝らないで、とユカさんママはさらに涙を流し、もう行っていいわと気丈な顔で微笑《ほほえ》んで見せ、手作りのクッキーがのった小皿を私に手渡す。

自分の部屋に戻り、カラフルなM&M'Sが焼き込まれたクッキーを食べながら、私はショックを受けていた。ユカさんに対して別段悪い態度を取っていたわけではないが、その頃の自分のデフォルトを考えると、そう感じる人がいてもおかしくはない。罪悪感とともに、親に言いつけるというやり方が気持ち悪くて、人の悪意で体中が真っ黒に感染してしまったような気持ちになった。だから、誕生日にユカさんがカードをくれたのが意外で、ちゃんとありがとうを言いそびれたし、どうしていいかわからなくて、ますますユカさんに歩み寄らないまま時間が過ぎ、私は日本に帰った。

　あれは嘘《うそ》だったんじゃないかと、去年何の脈略もなく、急に気づいた。そもそも出来事自体忘れていたのだが、何かの拍子に思い出した瞬間、あれはおかしかったと、大人になった私にはわかった。だって、ユカさんのママが衝撃の告白をした前後でユカさんの態度はまったく変わらなかったし、そもそもユカさんは私にそこまで興味がなかったはずだ。

「なんか変だなあと思うことはたまにあったよ、家にいる子たちが急に私に怯《おび》えたような態度を見せることがあって。ママに手伝えって言われて、断ると、目が妙にぎらぎら光ってて、怖かったし。自分はこんなにやってるのに、関係ないって態度の私に腹が立ってたんだと思う。本人にしてみたら、小さな憂さ晴らしってとこだったんだろうけど、子ども相手にそんなことしたらシャレにならないし、怖いよね。たぶんあの頃だけだったんじゃないのかな。なんか調子おかしかったみたいだし」

　ユカさんがちょっと困った声で言う。

「人の悪意ってさ、ずっと後になってから思い出すと、なんだか馬鹿みたいだよね」

私は、去年この出来事を思い出した時の自分の気持ちを口に出してみる。

「へー、大人だね」

ユカさんがわざとらしく感心した声を出すので、恥ずかしくなってカードから目をそらすと、二ドル札が目に入った。そういえば、二ドル札使わないままだったなとユカさんに申告すると、ユカさんはえー、がっかりと、またまたわざとらしい声を上げる。

なんかどうしていいのかわからなかったのだ。めずらしいのならば取っておいたほうが良いのかなと思ったし、お店で使って、二ドル札だね、みたいな会話を店員にされたらどうしようとか自意識過剰に考えて、使わないままになってしまった。もし今後アメリカに行くことがあっても、やっぱりこのまま使わない気がする。

「そういえば、日本でも二千円札が発行されたけど、あっという間にめずらしいお札になっちゃったよ」

「へー、二、のつくお金は鬼門《きもん》なのかもね」

「鬼門とか、よく知ってるね。さすがこのユカさんは違うね」

「うるさいな、でも日本も発行する前に、アメリカで失敗してるからやばいかもと思ったりしなかったのかな」

「俺の国は大丈夫って思ったんじゃない」

どうでもいい話をしているうちに、あっという間に二十分ぐらい経った。そのうち、ユカさんの声がかすれ出し、ぷつぷつと途切れるようになった。電池じゃないけど、なんか電池的なよくわかんない装置なんだろうけど、とにかく電池切れが早いんじゃないかと私が言うと、ユカさんはうーんと考え込んだ後、こう言った。

「もしかしたらこの十何年間でユカがミチルちゃんのことを思い出した総量が、今の私がこうして話していられる時間なのかもね。それが電池分みたいにこのカードの中に溜まってたのかも」

そうかもなと私も思った。十何年間で二十分ちょっとか。しかし、自分はこの日本の子たちと何も関係ないという態度を貫《つらぬ》いていたユカさんが、時々は私のことを思い出していたのだと考えたら長いような気がしたし、ていうか長いんじゃないか、それにこうして今話ができているというすごい事態を、ただ二十分という時間で測るのも違うような気がする。

「もっと思い出しとけよ、冷たい女だなあ」

私が笑いながら言うと、

「ごめんごめん、まあ、ユカはそういう女だよ。でも悪いやつじゃないから、また機会があったらメールとかなんかしてやって。では、最後に歌います。サームウェアーオーバザーレインボー……」

女の人の甘い声がぷつんと途切れ、部屋から音が消えた。私は一人の部屋に元通り一人きりになっていた。無理だとわかっていたけど、カードを開いたり、閉じたり、何度かやってみる。私の手の中にあるのは、パステルカラーの、全体的に幼稚な、ただのカードだった。

二週間ほど、ことあるごとに開いたり閉じたりを繰り返してみた私は、それから、ネットで見つけた、機械一般なんでも直します、という個人の店にカードを持ち込んだ。

一週間後、受け取ったカードを店の近くにある公園で早速開くと、青空の下、馬鹿みたいな「虹の彼方に」のメロディーがチカチカ流れ出す。もうユカさんの声は聞こえてこない。やっぱりこの電子音はひどいなとちょっと呆れながらも、でもこれが必要な時が来ると私はわかっている。ユカさんは私の人生はじめてのＤＪだった。私がまたアウトになりそうになったら、そんな予兆を感じたら、このカードを開けばいい。ＤＪユカが選んだ、この、とっておきのナンバーが、きっと私を助けてくれる。

ゼリーのエース（feat.「細雪」&「台所太平記」）

普通のゼリーと何の変わりもない。つくる工程はほとんど同じだ。

正吉《まさよし》は、一回分の粉末を熱い湯の入ったボウルに投入し、完全に溶け切るまでかき混ぜる。手早くするのがこつだが、手順をもうすっかり覚えてしまっている今では、こつなど意識しなくても、勝手に手が動く。粉が溶けた湯はなんともいえない色に染まる。正吉は、いまだにこの色をうまく形容することができない。うまい言葉を思いついた気がしても、次はまた少し色が違うため、いつまで経っても色に追いつかない。

さらに水を足し、かき混ぜると、アルミのトレイに並べておいた同素材の容器十二個に均等に液を注いでいく。それから一つ一つにラップをかけると、冷蔵庫に仕舞う。それでおしまい。あっという間の、簡単な作業である。

ボウルとへらを洗って、布巾で拭《ふ》き、棚に片づけると、正吉はその流れで冷やしうどんをつくり、同じ部屋で食べる。妻の美佐子《みさこ》は今日は遠くまで納品に出かけているため、いない。明日の朝には帰ってくる予定だ。正吉は留守番。窓の外を、赤い自転車に乗った郵便配達員がチリンチリンと音を立てながら、よどみない速度で通り過ぎていく。正吉の家には郵便物はなかったらしい。今日に限ってなんだか妙に寂しい気持ちになり、正吉は小さく笑う。

正吉は食器を片づけると、冷蔵庫のドアを開ける。よくないとわかっているのだが（美佐子にもいつも怒られる）、正吉は過程を見るのが好きなので、ついつい何度も中を覗《のぞ》いてしまう。

ラップの下で、固まりはじめているのがわかる。正吉は固まっていく様子にいつも魅了されてしまう。

これ以上に美しいものが、この世にほかにあるやろか。

見ているうちに、なんだか体に妙な熱を覚えた正吉は、言い訳するように冷蔵庫のドア側からトマトジュースのパックを取り出し、コップに注ぐと、また元の場所に戻す。塩をひとつまみトマトジュースに振りかけると、一気に飲み干した。

一、二時間の昼寝のつもりだったのに、目覚めると、夕闇が訪れていた。さっき液体をかき混ぜたほうの腕に軽いだるさがある。正吉はタオルケットをはねのけると立ち上がり、だるい腕をぐるぐると回しながら、部屋へと向かう。

そろそろかなと思っていた通り、冷蔵庫の中から、すでに数人分の声が聞こえはじめている。

「うち、水着はワンピースタイプが好きやわ。お腹が隠れるしな」

「そんなんビキニのほうが男受けするに決まってるやん」

「でも、ワンピースタイプでも、お尻のあたりにひらひらしたんついてると、けっこう扇情的やとうちは思うんやけど」

「なあ、あんたはどう思う？」

「え、うちは水着とか恥ずかしいわ。日焼けも嫌やし、ずっとビーチパラソルの下におるわ、普通に木綿のワンピース着て。この夏は水玉のワンピースを買おうと思ってんねん、涼しげでいいやろ」

「意外とそういう奥ゆかしいのが好きな男の人もいるからなあ。自分、意外とやり手なんちゃう。あなどれんわ」

「いやあ、そんなことないわ、恥ずかしいこと言わんといてや」

「うちは思いっきり泳いだりして、夏を楽しみたいわ。見てるだけなんて退屈やん。あんたも海に突き落としてあげるで、覚悟しとき」

「こっわ」

　また新しい声が増える。

「うちは砂浜で貝殻拾いをしたいわ。耳に貝殻を当てると、波の音が聞こえるねんて。ロマンチックやと思わへん？」

「自分、さては不思議ちゃん系やな」

「波の音なんて、海におったら目の前に本物の波あるやん」

「情緒ないなあ。大切に持って帰って、家で楽しむんやんか」

正吉は冷蔵庫のドアを開けずに、娘たちのおしゃべりに耳を傾《かたむ》けた。彼女たちのおしゃべりを聞くのが大好きなのだ。娘たちに気取られないよう、部屋のイスに静かに腰かけ、ほおづえをつく。


不思議なもので、生まれてくる場所は同じなのに、身がすぐ固まる娘と固まらない娘がいる。こればっかりは、こちらでコントロールすることができない。今後の研究次第では改善の余地はあるかもしれないが、今の段階ではまだ無理だ。

身が固まるのがはやい娘たちは、やはり性格的に利発な子が多いし、肉体的にも早熟である。今の会話のテンポにしても、この娘たちはすぐに身が固まるはずだ。

ただ、まあ、ゆっくりとできあがる娘の中にもしっかりと身が固まる者もいるし、はやければよいというものでもない。凝固と言ってもよいくらい身が引き締まった娘もできるし、ぽよぽよとした身が柔らかい娘もできる。どちらにもそれぞれに良さがある。正吉としては、個性豊かな娘たち一人一人の成長を温かい目で見守ることが自分の務めであると思っているし、美佐子も同意見であろう。

結果第一主義の美佐子は毎回一番良い出来の娘に対して、「今回はこの子がエースやね」とうれしそうに言う癖《くせ》があり、そういう贔屓《ひいき》はほかの娘たちの手前控えたほうがよいと正吉は思っているのだが、ただ、美佐子の見立ては外れることがないので、正吉も内心異存はない。仕方がないことだが、すぐに身が固まる娘となんだかぐずぐずと時間がかかる娘がいるのだ。とはいえ、最終的にはみんな一人残らず身が固まる。

小腹がすいた正吉は、すぐ後ろにある戸棚に手を伸ばして、隠しておいた小分け包装のバームクーヘンを一つ取り出す。バームクーヘンは食べている最中に音がしない。

娘たちはずっと、会話に花を咲かせている。

「あら、あんた、もう手の指までできてるやないの、はやいなあ」

「そやねん、ほら、見て、もうピアノも弾けるで」（ピアノを弾く真似をしているのだろうと正吉は推測する）

「ピアノは指があったかて、弾けるわけちゃうねんで。ちゃんと練習を積まんと、猫ふんじゃった、が関の山や」

「なんなん、猫ふんじゃった、って」

「知らんの？　うっかり猫をふんでしまった有名な作曲家さんが、深い深い悔恨の気持ちを込めてつくった曲や。ベートーヴェンの、悲愴、くらい悲しい曲やで」

「自分、今うちに嘘《うそ》教えてるやろ」

「なんでわかったん」

　正吉は思わず笑い出しそうになる自分を抑えなくてはならなかった。娘たちの会話は、なんと愛らしいのだろう。この調子だと、今日の夜には、少なくともこの娘たちの身は完全に固まるだろうが（身が固まっていても、性格的に会話に参加せず、黙っている娘もいるかもしれない）、美佐子の帰ってくる明日までは自由にさせておこうと、バームクーヘンをぱくつきながら正吉は思う。

「ちゃんとお化粧うまくできるかしらん。なんか心配やわ。だってやったことないもん一度も」

「うちも。めっちゃ下手で、男の人に嫌われたらどないしよ」

「大丈夫やって、お化粧の技術は、女のＤＮＡにはじめから組み込まれてんねん」

「ほな、化粧品を前にした瞬間、急に覚醒するってこと？　今ほんま見当もつかんのやけど。わけわからん間違いしそうやわ」

「そうちゃう？　鏡台の前に座った瞬間、すべての化粧道具の使い方が、多分手に取るようにわかるはずやわ」

「すごいな、女って」

「ほんまにな」

冷蔵庫のドア越しに聞こえてくる、娘たちのかしましいおしゃべりを、正吉は心ゆくまで堪能する。正吉と美佐子には子どもがいないので、言うなれば、この娘たちが二人にとっての子どもだった。実際、ある意味ではそうである。

次の日、美佐子の「ただいまあ」という大きな声と、玄関のガラスの引き戸ががらがらと開く音で正吉は目を覚ました。美佐子が帰ってくる前に、娘たちの様子を一度確かめておこうと思っていたのに、寝坊してしまった。正吉は慌てて、寝床から這い出す。

美佐子が早速簡単な服に着替え、一休みした後、夫婦は揃《そろ》って娘たちのいる部屋に向かう。

入った途端、正吉の予想していた通り、何かを嗅ぎつけた美佐子が非難の声を上げる。

「もう、この部屋で飲み食いしないでって何度も言ったやないですか、台所じゃないんですから。立派なラボですよ。お菓子を隠して置いておくのもやめてほしいわ。それでもあんた研究者の端《はし》くれなん⁉」

娘たちに聞こえているかもしれないと思い、正吉は恥ずかしさで顔が赤くなる。美佐子が白衣を羽織るので、正吉もまた怒られないように白衣を羽織る。一人だけの時は面倒なので、羽織らない。美佐子はゴム手袋までするが、正吉は美佐子にとがめられない限りはしない。美佐子は細心の注意を払うが、正吉はこれまでの経験上、ちょっとぐらい大雑把でもできあがりに影響しないという考えだ。何しろ、通常ゼリーをつくる時に白衣とゴム手袋は必要ないではないか。

美佐子と正吉は、冷蔵庫を開く。容器の中から、ゼリー状の娘たちが何人か顔を上げて、二人を見つめる。トマトジュースのパックに気づいた美佐子が顔をしかめる。

美佐子は娘たちをアルミのトレイごと、作業台の上に移動させ、選別する。六人ほどの身がいい具合に固まっている。ほのかにトマトジュースの水っぽい匂いが漂い、美佐子がまた嫌な顔をする。娘たちは、昨日のおしゃべりもどこ吹く風で、神妙な顔をして小さな赤い唇をぎゅっと結んでいる。

美佐子と正吉は六人分のアルミの容器をトレイから出すと、残りの六つの容器を確かめる。まだ身の固まり具合が充分ではない娘たちだ。明日にはだいたい身が固まるだろう。気がつけば、明らかに一つだけ、固まる速度がほかと比べて大幅に遅れている容器がある。正吉と美佐子は首を傾《かし》げたが、まあ、これまでにそういうことがなかったわけでもないし、様子を見ようと、深く考えることなく、またトレイを冷蔵庫に戻した。

身の固まった娘たちは、正吉と美佐子が次々に容器をひっくり返すと、ぷるんと飛び出してきては、手を取り合って、きゃっきゃとはしゃぐ。

「はあ、楽しみやわあ」

「うちも」

「どんなとこなんやろう」

「お金持ちやったらいいなあ」

「うちはやさしい人やといいなあ。こわい人はこわいからなあ」

期待に胸を膨《ふく》らませ、ぴょんぴょんと飛び跳《は》ねる娘たちを見て、正吉と美佐子は誇らしい気持ちになる。夫婦でつくり上げた立派な娘たち。

二人には心に決めていることがある。必ず、発注があり納品先が決まってから、娘たちをつくる。売れ残ったりすることがあると、娘たちがかわいそうだからだ。


次の日はさらに三人、その次の日は二人が、身を固めた。残る一人は、相変わらず液状のままだ。片栗粉を溶かしたとろみのような状態と言えばいいのか、少しは娘の輪郭が窺《うかが》い知れるものの、身が固まった状態とはほど遠かった。

「困ったわね」

「困ったな」

正吉と美佐子はとろとろと揺れる娘状の液体を見ながら、顔を見合わせた。これでは納品先を待たせてしまう。長年娘たちを提供し続け、あの夫婦にまかせておけば間違いないと、よくできた娘をつくってくれると高い評判を保ってきたのに、その信用にも傷がつくことになる。

「しかしまあ、そのうちきっと身が固まるやろう。これまでずっとそうやったんやから」

「そうね、焦っても仕方ないわ」

幸い、次の発注も入っていたので、この娘はとりあえず別にして、新たに娘たちをつくることにした。正吉が何か手順をごまかしたのではないかという疑いを捨て切れないらしい美佐子が、今回はわたしがやると言い張ったので、どんな過程一つでも疎《おろそ》かにするものかと意気込んだ様子で白衣に身を包んだ美佐子を家に置いて、正吉は納品に回った。降水確率ゼロパーセントの今日は、空もくっきりと青く、恰好のドライブ日和だった。

どの家でも、娘たちは喜ばれた。帰りに、以前娘を納品したお宅の側《そば》を通ったので、正吉がなんとなく立ち寄ってみると、大喜びで迎えられた。

かつてはゼリー状だった娘は、今では名前を与えられ、甲斐甲斐《かいがい》しく一家を切り盛りしていた。

「ほんまになんとお礼を言ったらいいか。何から何までご夫婦のおかげです」

「奥さんにもよろしくお伝えください」

と、何度も娘に頭を下げられ、正吉はすっかり照れてしまった。

うん、やはり、身が固まるというのはいいものやなあ。

正吉は帰り道、一人でも多くの娘たちの身を固めてやろうと、決意を新たにした。

しかし、困ったことに、問題の容器に入った娘の身が、いつまで経っても固まらないのである。

後からつくられた娘たちの身がすっかり固まり、巣だっていっても、この娘だけは冷蔵庫の中から動くことができなかった。

自分のつくった娘たちに問題がなかったことから、美佐子はますます正吉の作業工程を怪しく感じたようだったが、次に正吉がつくった娘たちの身が問題なく固まったので、すぐに疑いは晴れた。しかし、あらぬ疑いをかけられるのはまっぴらだったので、正吉はしっかりと白衣を着込み、ゴム手袋をつけて作業を行うようになった。この部屋の冷蔵庫に休憩用の飲み物や食べ物を持ち込むのもやめ、ちゃんと台所まで戻るようにした。

確かに、この頃、自分は少し横着していたかもしれん。

正吉は我が身を振り返り、反省した。慣れとは恐ろしいものだ。初心に立ち返った正吉を見て、美佐子も喜んだのか、夕飯のおかずが一品増えたほどだった。

とはいえ、肝心の娘は固まる様子をまるで見せず、相変わらず、ゆらゆらと容器のプールの中に浮かんでいた。

「困ったな」

「困ったわね」

毎朝、冷蔵庫を開けるたび、夫婦がまず交わす会話は、判で押したように同じだった。

「困ったわね」

「困ったな」

二ヵ月ほど経過し、その間に何ダースもの娘たちを無事出荷した頃、夫婦はさすがに一つの結論に達した。

原因はわからないが、この容器に入った分だけ、液がうまく働かなかったのだ。つまり、いつまで待っても無駄である。同じようなケースが再発することを防ぐため、サンプル採取だけして、残りは捨ててしまおう。いつまでも冷蔵庫の中でこの無能な液体が場所を取っているのも、生産量が下がるだけで、非効率的である。これは我々のせいで起こった事故ではない。失敗ではない。美佐子のせいではないし、正吉のせいでもない。長い研究人生、こんなこともある。学生時代から、どんな時も二人で乗り越え、研究にこの身を捧げ、今の地位をつかんだのだ。これからも前を向いていこうではないか。

二人が慰《なぐさ》め合い、しみじみと語り合っていると、呆れ返ったような声が冷蔵庫の中から聞こえてきた。

「えー、それはちょっと、いくらなんでも勝手なんとちゃいますの？　うちちょっと今引きましたわ、お二人の話聞いてて。なんて言うか、どん引きです」

今は、あの残された問題の容器しか冷蔵庫には入っていないはずである。二人は半ば次の展開を予測しながら、冷蔵庫のドアを開けた。容器の中から、半分できかけの手が、二人に向かってひらひらと振られている。

「なんや、あんた、手ができかけてるやんか。ていうか、話せたんか！」

　美佐子が先に口を開くと、アルミの容器を荒々しい仕草で冷蔵庫から出し、作業台の上にごんと音を立てて置く。指が液に浸かっているのもおかまいなしだ。雑菌が入ったらどうするんだ。美佐子をとがめ、いつもの借りを返したい気持ちに、正吉はほんの一瞬だけかられた。

　固まりかけの娘は娘で、急な揺れにも動じず、気持ち良さそうに、余裕の表情で揺れている。半分液体状だとはいえ、こう見ると、顔の表情がはっきりわかる。どうしていままで気づかなかったのか、夫婦は先入観の恐ろしさを思い知らされた。

　正吉と美佐子にじっとにらまれた娘は、しれっとした顔で答える。

「ええ、だいぶ前からそうですねん。でも、話したりして、もうできかけやと勘違いされても嫌ですし、黙ってたんですわ。体はうちの意思でできあがらへんわけじゃないですけど、でもまあ、お二人がこっちを覗きはる時に、手の指とか目立ちそうな部分は液の中に隠しはしましたよ。あんま前向きにとらえられてもねえ、うちかて困るし」

「あんた、うちらがどんなにか心配したと思ってんの？　はやくあんたの身が固まらへんかって、はやくあんたの身が固まりますようにって、そればっかりやったんやで、この二ヵ月間」

　美佐子は情けなさそうな声で言う。正吉も美佐子の気持ちがよくわかった。ここまで心配させておいて、この仕打ちとは。正吉は衝動的に、容器の中身をこのまま流しに捨てしまいたい気持ちにかられた。

「そりゃあ、ご心配はありがたいことですけどね。でもなんで身が固まらないといけないんです？　なんでこのままやとあかんの？　身が固まらなかったら、半人前ちゅうことですか？　おっかしな話ですなあ」

　とろとろとした液体からつるっとしたゼリー状の片脚《かたあし》を持ち上げ、こっちに見せつけるようにして娘が言う。

　脚までできてたんか。

　正吉はがっくりと側にあったイスに腰かけ、もう一つのイスに美佐子を座らせた。へなへなと尻から倒れ込むように座った様子から、美佐子の受けたショックも相当なものであることがわかった。

　ここは俺ががつんと言ってやらんと、美佐子の苦労が浮かばれん。

　とろとろと揺れ続け、視点を定めにくい娘の目になんとか視線を合わせると、正吉は言い含めようとする。とはいえ、根がやさしい正吉のことだから、どうしても弱気な声になってしまう。

「なあ、わたしたちはおまえのためを思って言ってるんやで。身が固まれば、おまえは幸せに暮らすことができるんや。それに、おまえの身が固まらへんと、わたしたちも困るしなあ。なんせおまえは身を固めるために生まれてきてるんやから。どうして身を固めてくれへんのや？」

「そうやで、あんた、なあ、早く身を固めてくれへんかねえ」

美佐子も肩を落として言う。最愛の妻が急に老け込んだように見え、正吉は不憫《ふびん》でならない。そういう正吉もいつもの猫背がさらにひどいことになっている。

二人の様子を見上げて、娘はけらけらと楽しそうに笑い出す。

「そんなんうちが聞きたいですわ。だって、固まらへんものは、固まらへんのですよ。うちのせいじゃないんです。お二人のおつくりになった液体のせいですわ。まあ、でも、このほうが楽っちゃ、楽ですけどね。ぷかぷか浮いてたらいいわけですから」

娘はこれ見よがしに容器の中で体を揺らしてみせると、さらに続ける。

「それよか、固まらへんからって、捨てるのはほんまないと思いますわ。なんて恐ろしい人たちやろ。うちの身が固まるんか、固まらへんのか、わかりませんけど、最後までしっかり面倒見てもらいましょか。お二人にはその責任あるんとちゃいます？」

なんでこんな口達者で生意気な娘ができてしまったんやろう。

正吉と美佐子は目をまん丸にして、見つめ合う。しかし、確かに、娘の言うことにも一理ある。この子は、二人がつくった娘なのである。役立たずだったからといって、国に帰れと暇《ひま》を取らせることもできない。それに、ここまでしっかりと自己を持った娘を失敗作だからと捨ててしまったりしたら、かつて動物実験や人体実験を繰り返し歴史に汚点を残した、誇大妄想癖《もうそうへき》の研究者たちの仲間入りをしてしまうではないか。二人はそれだけは嫌だった。真っ当にここまで、やってきたのだ。

「わかった、おまえの言う通りや」

正吉は、自分の口がそう言うのを聞いた。横で、美佐子も小さくうなずく。アルミのプールの中で、勝利した娘がきゃっきゃとうれしそうにターンを決めた。

娘にはそれからも、身を固める兆《きざ》しが現れなかった。

「ごめんなさい、でも、うちのせいじゃないんです～」と、正吉と美佐子が冷蔵庫を開けるたび、娘は口を尖らすようにして言う。悪びれない態度で、日々のほほんと暮らしている。

慣れてみると、この娘には愛嬌《あいきょう》があるし、頭の回転が速いので、話しているととても楽しいことに正吉は気づいた。ほかの娘たちとは違い、遠慮もなく、ずけずけと正吉に言葉を投げてくるのが、なんとも心地よいのである。

美佐子も美佐子で、外出時に何を着るか迷うと、冷蔵庫の前まで何着か持っていき体に当ててみては、娘の意見を求めたりしている。

「奥さん、そりゃそっちのストライプのほうが断然いいですわ。そのピンクの口紅によう似《に》合《お》うとります」

「あら、そう、じゃあそうするわ。あんたは色彩のセンスがあるからな」

美佐子は華やいだ声でそう言うと、娘に言われた通りの服装でいそいそと出かけていく。

冷蔵庫の中で、ほかの娘たちが身を固めている間、娘は澄《す》ました顔で黙っている。

「くちづけってやっぱり甘い味がするんかしら？」

「さくらんぼの味やって聞いたことあるわ。あんたは知ってる？」

「いややわあ、そんなこと知るわけないやないの、恥ずかしい」

「うちが今キッスの練習台になってあげよか、ほら、こっちおいで」

「あほ、いけるわけないやないの」

「なんか想像してたら、熱うなってもうたわ」

「もうやらしいなあ」

娘たちの会話にも知らんふりを決め込んで、以前正吉と美佐子に対してそうしていたように、身が固まらない失敗作らしく、液体の中で死んだように静かにしている。その様子がわざとらしくて面白いので、正吉も美佐子もついつい吹き出してしまう。たまに娘たちにわからないように、ぺろっと舌を出してみせることもあって、夫婦はますます笑ってしまう。

まあ、たまにはこういう娘がいてもいいのかもな。

いつしか正吉はそう思うようになっていた。結果第一主義の美佐子は、逆の意味で結果を出している娘に感銘を受けはじめたらしく、ある日、こんなことまで言い出した。

「あれは、あれで、エースやな」

実際、正吉も同意見である。

今日も娘はアルミの容器の中で、身を固めずに元気である。

台所のテーブルで夫婦揃って三時のおやつを食べながら、さっきから美佐子が電気製品のカタログの、小型冷蔵庫のページから目を離さないことに正吉は気づいていた。

クレペリン検査はクレペリン検査の夢を見る

疑問を持つどころか、私は全力でやってしまった。

私を含め、女が三人集められていたが、四人だったかもしれない。

もう十年以上も前のことで、断片的にしか覚えていないし、それだって、思い出そうとしてようやく、そういえば、というぐらいの頼りない記憶だ。私はいつもだいたいそうで、特に昔はそうだった。自分の、自分に起こっているはずの現実に他人事《ひとごと》のように接してしまう。その癖《くせ》、しっかりしているように見えてしまうのだ。

しかし、仕事は必要だった。

当時登録していた派遣会社の一つの、その募集要項には、細かいことは覚えていないが、外国からの客人も多いので「要・英語力」と書かれていたはずだ。

面接があった派遣会社の最寄り駅も、会社の外観も、いくつかの記憶が混ざり合ってはっきりと思い出せない。女子トイレの大きな長方形の鏡の端《はし》に、なぜかアルパカの群れの写真が貼られていたのが、それともフロアについたらかけろと事前の確認メールに指示されていた内線につながるまでに「トロイメライ」がかかったのが、この会社だっただろうか。

非正規で新たな仕事に派遣されるたびにかけた内線電話の曲名だけは、自分の中にリストとして残っている。たいてい受付のあるような大きな会社ではなく、ビルのワンフロアを借りている場合が多く、エレベーターを降りると、受付の人間が常駐するかわりに、電話機が一台置いてあった。数年前、近所のスーパーマーケットで器楽曲にアレンジされた「イマジン」が流れていた。想像して、というパートに入るたびに、誰々さんカウンターまで来てください、などとタイミング悪く店内放送が入りメロディーが中断されるので、とても想像しにくくなっていたのだが、その小さな受話器を上げる瞬間の感覚を、横に添えられがちだった色あせた造花の花瓶とともに思い出した。どの会社も違う電話機だったはずなのに、全部同じだったような気がする。

その日は、ほかの女たちと並んで面接を受けた。集団面接といえば新社会人の就職活動、というイメージを持っていたので、こんな二十代から三十代の女数人でそれをしているのが少し妙にも思ったが、その頃の常で、私は特に深く考えなかった。

面接官から見て、私は左端に座っていたような気がする。何か自己アピールを、とでも言われたのだったか、動機を聞かれた際に、子育てが一段落したから仕事に復帰することにしたと語っていた、右端の、地味な外見をした年上の女が「実は昔、ミス・何々でした」とはにかむように言い、どんな人だっただろうかと思わず彼女のほうを見てしまった一瞬の光景が、なぜか保存されていたからだ。

我々に挟《はさ》まれて座っていた私よりも若そうな女はまっすぐ前を向いたままで、えらいなと思った記憶がある。というか、今の自分なら、えらいなと思いそうだ。「ミス・何々」の「何々」の部分は地方都市の名前だったような気がするが、それも思い出せない。なんとなくしらっとした雰囲気が面接官の間に漂《ただよ》っていた。

こういう時、私はその場がなんとかなればなんでもいい、というスタンスで適当なことを言ってしのぐだけなので、自分の言ったことは何一つ覚えていない。

面接の後、これで終わりかと思いきや、三人か四人の女は、別室で、並んだ長机にそれぞれ座るように促《うなが》された。

一般教養のテストがまず配られた気もするが、後のことを考えるとまず一般教養のテストがジャブとしてあったのではないかと私が今思っているだけかもしれない。仕事の面接で一般教養のテストは何度も受けたことがあるが、〝一般教養〟という科目はどこかあじけなく、記憶に残りにくい。

あったかどうか定かではない一般教養のテストの後に、そのテストは配られた。

テスト用紙は、高校生が模試を受ける際に配られる、巻物のように長く軽い紙と似ていた。でも、書かれているのは単純な数字の羅列で、3から9の一桁《ひとけた》の数字が縦横びっしりと並んでいる様は、耳なし芳一の体に隅々まで書かれたお経のようなまがまがしさがあり、なんだこれはと少し怯《ひる》んだ。こんなことは、事前に聞かされていなかった。こんなものできるかどうかわからないと内心焦った。

女の一人が巻物をぺらっと半分ひっくり返し裏を確認していたが、その手つきにも戸惑いが感じとれた。

言われるがまま、テスト用紙のはじめにある説明に目を通すと、膨大《ぼうだい》な数字の異様さに比べて拍子抜けするくらい簡単な作業であることがわかった。

隣り合う数字を足し算し、導き出された答えのうち下一桁にあたる数字を、まるで二つの数字の間に生まれた子どものように、二つの数字の間の下あたりに鉛筆で小さく書けばいいのだ。後は、その繰り返し。

答えが二桁になった場合に一桁部分だけを書き出すのが少し厄介ではあったが、慣れてしまえばたいしたことはなさそうだったし、命令でしかない「開始」という言葉とともに試験をやりはじめてみれば、実際わけはなかった。

それに、私はもともと単純作業に燃えてしまう性質で、さらにいえば、がんばってしまうタイプだった。ルールを理解した私は、さっきの焦りも何のその、こんなもの簡単じゃないか、と俄然やる気になってさえいた。

実際、はじめてみると、やはりそれは簡単なテストだった。

横にのびる数列の途方もない長さは、一行につき一分という制限時間を考えると、最後までたどり着くのは明らかに不可能だったが、いけるところまでいってやろうという、目的意識が芽生えた。大人になりテストを受けなくなってひさしく、降って湧《わ》いたように目の前に現れたテストに、私は少し楽しみを覚えていたのかもしれない。

5＋7＝12（2）
7＋8＝15（5）
8＋5＝13（3）
5＋3＝8（8）
3＋9＝12（2）
9＋4＝13（3）
4＋7＝11（1）

小学一年生レベルの単純な計算を繰り返し、答えを導き出すたびに、私の集中力は高まり、気持ちがノッた。

動かし続けている腕にも疲れはなかった。年齢の違う女たちがまるで女学生のようにテストに向き合っている、この日はじめて入った、まったく縁もゆかりもない部屋に、私は学校の教室を想起する心の余裕さえあり、懐《なつ》かしさを感じた。

十五分後、「鉛筆を置いてください」という号令がかかり、女たちは鉛筆を置いた。

これが前半だった。

五分の休憩の後、再び、後半のセットがはじまり、女たちは同じ作業を求められた。私はさらにやる気だった。さっき十五分集中したくらいで、疲れるような人間ではなかった。私の腕も脳も元気だった。

私とテストの仲を乱す「時間です」の合図とともに、テストは終わった。やりきった私は、清々しい気持ちでいっぱいだった。

ばらばらと派遣会社を出ていく女たちの流れの一員として、ビルのエントランスを出ると、一階にあるコンビニに一人の女が吸い込まれていくのを尻目に、私は地下鉄の入り口を目指した。

自分がさっき受けたのが何のためのテストなのかはいまだ理解していなかったが、自分の点数は悪くないことはわかっていたし、ミスが少ないだろうこともわかっていた。私は自らの能力に自信があったし、仕事の面接にはどちらかというと受かるほうだった。

後日、テストの結果がどれだけ反映したかはわからないが、私は採用の連絡を受け、職場を得た。

受かってしまえば、よくわからないテストのことなどすぐに忘れてしまった。

この女が受かるだろうと、早い段階で綾《あや》にはわかった。

右のこめかみあたりにある、心の目とも呼べるセンサーで自分の右隣に座っている女を見て、というか、感知して、綾は早々に諦めモードになった。右側の女は自己アピールもそつがなかった。

左側では、どう見ても三十代後半の女が、「実は昔、ミス・小菊かぼちゃでした」とまるで切り札のように答えている。最後に小さな笑みまで見せたその白い顔を反対側のセンサーで捉えた綾は、それじゃダメだよ、おばさん、と言ってやりたくなった。

右側の女みたいな女がいる時に、明らかに自分よりも総合ポイントで上の女がいる場でそんな手は悪手すぎる。二十代後半らしき右側の女は、日本人ならば八割がたが美人だと判断するに違いないスッとした顔をしていて、それだけでなく、さっきの回答と同じ全体的にそつのないオーラを醸し出していた。現在二十三歳の綾のほうが年下でフレッシュなはずだが、彼女には若さでも太刀打ちできそうになかった。

綾は目力の強い、自分でも悪くないと思う外見をしていたが、なぜか男たちにウケが悪く、学生時代も同じゼミの男子たちに気が強そう、目がこわい、などと言われ敬遠されがちだった。今、綾の目の前に並んでいる面接官の中年男性二人が、学生仲間とどれだけ違うかといえばたいして変わらないことは、新卒で就職した職場での半年間ですでに学習済みだった。綾はそこで癲癇《てんかん》の発作を二回起こした。心配した人事には事前に報告してほしかったと言われたが、小学校低学年の時に一度あって以来のことで、一番驚いたのは、綾と綾の家族だった。入り口でつまずいてしまったような気持ちがどうしても消えず、誰に何を言われたわけでもないのに、自分はどう思われているのだろうと周囲の目がこわくなった。

なぜこの仕事内容でこんなものを受ける必要があるのか。

なぜこんなものが必要なのか。

馬鹿《ばか》みたいに並んだ数字の列を見下ろして、綾は眉《まゆ》をひそめた。

過去にこのテストを受けたことはなかったが、就職活動を乗り越えた、乗り越えたはずだった綾はもちろんこれが何なのかわかっていたし、何の新鮮味も感じなかった。今になって、こんなものを受けさせられる覚えはなかった。

カリカリカリカリと、途切れない、規則正しい音が、斜め前の席についた、面接で右隣に座っていた女の手元から響いてくる。

数字のお化けみたいな用紙から顔を上げて、今度はこめかみセンサーではなく、実際に女の横顔を綾はちらっと見た。

あまりにもひたむきな顔が、目が、まつ毛が、つやつやと光る前髪がそこにあり、なんでそんなにがんばれるのか、心底解せない気持ちで綾は用紙に向き直った。

カリカリカリカリカリ、という音はその後もゆるがなかった。

外見＋能力。

そのスピードの乱れのなさから、彼女の能力が高いことは、おそらく間違いなかった。勝ち目はないだろう。

すでにやる気の大半を失っていた綾の手はさらに速度を落とし、申し訳程度に数字を書き込んでいくだけになった。

この求人内容で、このテストを導入するような職場にいい予感もなかった。候補としてすでに三人に絞られているのに、集団面接をするというのも、今思えば、苛《いら》立たしい。そもそも、派遣労働者の特定は法律で禁じられているのではなかったか。

すべてが終わった後、パンプスの音を響かせながら、迷いなくビルのエントランスから出て、去っていく例の女の軌道から逸れるように、綾はすぐ横のコンビニに入った。

新聞と並べて置いてあった無料の求人情報誌を軽い気持ちで手に取り、窓際のイートインスペースでマウントレーニアのカフェラッテを飲みながら、ぱらぱらとめくった。窓の向こうを人が行き交うのが、あまりに見慣れた光景すぎて、テンプレみたいで、なんだか嘘《うそ》くさかった。その求人情報誌に載っていた時給１１００円の事務職に綾は応募し、仕事を手に入れ、三年後、正社員に登用された。

手に入れた仕事は、あの日の足し算のテストと同じく、拍子抜けするほど、簡単だった。小さな会社の受付業務だったが、そんなに来客があるわけでもなく、ほとんどの時間はただ座っているだけだった。

「要・英語力」という言葉は何だったのかと思うほどに、外国からの来客など皆無に等しかった。おそらく過去に数回あったぐらいの外国人客の訪問を、会社側が派遣会社に大袈《おおげ》裟《さ》に語り、募集要項に盛り込まれたのではないだろうか。

採用され、しばらくは仕事を探さなくてもいい、という時点で私にはどうでも良かったが、働きはじめて半年ぐらい経った頃、同じ受付係の一人が韓国留学で辞めることになった。彼女は制服のポケットに常に韓国語の学習メモをしのばせており、勉強に余念がなかった。ある時、私がトイレ休憩から戻ってくると、彼女がカウンターの上にいつものようにメモを出していたので、何の気なしに覗《のぞ》き込むと、「カナコ、どういうつもり！　それがあなたのやりたいこと？　自分の気持ちに素直になってるの⁉」と自分自身への叱咤激励が書き込まれており、気まずかった。いきなり真っピンクの八〇年代を彷彿《ほうふつ》とさせる肩パッドの入ったブレザーを着て職場に現れ、ほかの受付係に褒《ほ》められると、ピンクは運気が上がるからと、推し量りにくい表情で答えていたことも印象に残っている。その彼女が辞める際に雇用された留学経験のある女は、働きはじめて二週間で、こんなの詐欺《さぎ》だと憤《いきどお》り、次の週から来なくなった。ガッツがある人だ、と私はまぶしい思いで彼女の去っていく背中を見つめ、まだ「要・英語力」が募集要項に書かれているんだなと悟《さと》った。

私はその職場に二年いた。私より先にそこで働いていて、数人いる受付係のシフト管理をしていた二十代半ばの女は、実家から二十分間バスに揺られて最寄駅にたどり着き、隣の県から通ってきていた。一度帰りが一緒になった際に、ヒールが妙に高い派手なサンダルを履《は》いてきていたので、かわいいと私が褒めると、今年の夏に買ったものだが、今のところ別に履いて行く場所がないから履いてきた、と言っていた。仕事中は、私たちは皆、ロッカーに置きっぱなしにしている黒いフラットシューズを履き、見えないカウンターの奥で、だらしなく足を開いたり、組んだりして高いスツールに座り、そんな足先から抜け出すようにしてフラットシューズが床に落ちたものだった。

二年後、会社が経費削減に本気で取り組みはじめ、その一環として受付係が廃止になり、私は仕事を失い、なぜこの会社はもっと早くそのことに気づかなかったんだろうね、バカじゃん、と私たちはカウンターの後ろで存外何のショックも受けずに話していたが、私こそ、なんでもっと早くそのことに気づかなかったんだろうね、と思うことはたくさんある。

たとえば、「みんな結婚しているんで」のことだ。

この職場で働きはじめた頃、なぜだったかは忘れたが、正社員の男女数人がカウンターのあたりで談笑していた。

その中の一人が話のついでのように、私に「恋人はいるのか？」と尋《たず》ねてきた。特に意味もなく、ただ聞いてみたという感じだったので不快感はなかった。恋人はいたが、別に話す必要もなかったので、曖昧《あいまい》に私は微笑《ほほえ》んで終わらせた。私は職場で心を開くタイプの人間ではなかった。

その後、一同は私が二年間一度も見たことのないままだった会社の奥に入っていき、私一人がロビーに残された。

十分ほど経った頃だったろうか、正社員と派遣社員の連絡係のような存在にいつの間にかなっていた女性社員がふわっと姿を現し、調子はどうか、何か変わりはあるか、などと当たり障《さわ》りのない会話を交わした後、ふわっと一言つけ加えた。

「みんな結婚しているんで」

私は意味がわからず首を傾《かし》げ、彼女はふわっとまた戻っていった。よくわからなかったのでその後すぐ忘れていたが、最近、ふと思い出し、ふと意味を理解した。

彼女は私を牽制《けんせい》していたのだ、社員を恋愛対象に考えても無駄ですよ、と。あの時カウンターでの会話に参加していた誰かが、もしくは誰かたちが、私が曖昧に微笑んだことを邪推し、彼女に話したのだろう。

十年以上も前のことだが、意味が理解できた私は、馬鹿馬鹿しいと笑ってしまうと同時に、なんとなく薄気味悪くもなった。非正規の受付係をやっている独身の女が、その会社の社員の目にどう映っていたのか、急に思い知らされた気がした。

思い返してみれば、私はいつも鈍《にぶ》かった。

あのテストのことだってそうだ。

律子《りっこ》は緊張していたが、同時に高揚もしていた。

何しろ、社会復帰の一歩を踏み出したのだから。〝社会復帰〟と言われると、自分はそれまでの十数年間、社会に存在しなかったのだろうか、という気持ちにもなったが、それでも、新たな門出であることは確かだった。下の子が中学校に通いはじめ、律子には時間ができ、この先家計が楽になることなどありそうになかった。ならば、律子も稼ぐ！

面接がはじまる前に、律子は女たちが集められた部屋をしげしげと眺めた。年齢がバラバラの女たちが揃《そろ》っていて、中にはまだ学生さんに見えるような若い女の子もいた。こんな若い女たちと自分もまだ対等に張り合えるのだと律子は誇らしくなった。

それぞれ自己アピールを、と面接官が言い、ではこちらからと律子をさした時、予想もしておらず、戸惑った律子は、独身時代に友人とふざけ半分で出た町おこしのコンテストで優勝したことを思い出し、とっさに口にした。緊張していて、舞い上がっていたこともあったが、十何年前まで遡《さかのぼ》らなければ自己アピールになりそうな事柄《ことがら》が何も思いつかなかったのだ。当然、面接官の男二人からは失笑さえされず、部屋の空気はぴりっと張り詰めたままだった。

自分の実体験を交えながら、粘り強さや応用力をアピールした、学生さんに見えた女とその隣のスッとした顔立ちの女の回答を聞いて、こういうことを答えればよかったのか、と律子は一つ学びを得た。

粘り強さも応用力も、この十何年間を家事と育児に捧げた律子がまさに習得した能力のことではないか。十数年前の何の思い入れもない出来事を引っぱり出さなくとも、今の自分の生活に関連づけて答えるだけでよかったのだ。

その後に受けたテストには、困惑させられた。

なぜこんなものが必要なのか。

まさかこの歳になってこんな算数のテストを受けさせられるとは思っていなかった。事前に説明はあっただろうか？

物事の進んでいくスピードについていけないまま、律子は小学校低学年レベルの計算の答えをしぶしぶ用紙に書き込んでいったが、子どもたちがその年齢の頃家で解いていた算数ドリルの、あの拙《つたな》いかわいらしい字が思い出されてならなかった。

その日の結果はもちろん不採用だったが、律子は特に落ち込むこともなく、最初からうまくいくはずがない、まずはスタートラインに立ったのだと、むしろ清々しい気持ちだった。

その後、同じ派遣会社からメールで紹介された短期の受付や事務業務にいくつかエントリーし、働く、という感覚を取り戻していった。

仕事の現場にはいつもたくさんの女がいた。律子ぐらいの年齢の女も、年上も年下も。

こんなにたくさんの女が仕事を求めて集まっていることに、最初のうち律子は圧倒されたが、すぐに馴染《なじ》んだ。

「メールはいっぱい来るけど、いい仕事がないですよね」

「メールそんなに来る？」

「めちゃくちゃ来ますよ、スパムみたいに来る」

空き時間に二十代の女たちと話していると、詳しくは聞かなかったが、彼女たちには自分の倍以上の仕事の紹介があることが窺い知れた。年齢など関係なさそうなものだったが、企業側の意向で、年齢という数字で自動的にふるい落とされる側に自分も入っているのだ。そりゃそうか、と律子はその事実を受け入れた。

奇妙なテストを受けさせられて以来、律子に新たな長期の仕事の紹介はなかったが、後腐れのない短期の現場を次々とめぐっていくのも悪くはなく、律子は結構楽しくやっていた。

毎回仕事先に向かう際に、あの面接の前日に高いものは買えないけどせっかくだからと夫が買ってくれたパンツスーツに身を包むと、安易なようだがやはり背筋が伸び、子どもにも褒められ、自分はやっぱり社会の一員なのだと、律子は思った。

あの後、数年単位で私は仕事を転々とし、自分自身では特に不調も感じていなかったのに、ある日突然家のトイレで便座に座ったところで意識を失い、一緒に住んでいる恋人は、太もものあたりにパンツを張りつかせて真っ青な顔をした私がトイレから芋虫のように這い出てくるのを目撃し、驚いた。一週間後に、今度はトイレの中ではなかったが、家の中で同じように意識を失った。家の中でよかった。

病院に行ったところ自律神経がどうこう言われ、私はしばらくの間休むことになった。

休んでみると、働く、ということが、あっという間に、一気に遠くなった。

あれだけいろんな職場で働いたというのに、いざとなるとたいしたことは覚えていない。どんな場所だったのか、どんな人が働いていたのか、どれもぼんやりしていて、そこにいた自分の姿も想像できない。給料として口座に振り込まれたお金も、すでに入れ替わり、私が働いていた確固とした証は何も残っていない。

そうして私は、クレペリン検査の夢を見た。

5＋7＝12（2）
7＋8＝15（5）
8＋5＝13（3）
5＋3＝8（8）
3＋9＝12（2）
9＋4＝13（3）

4＋7＝11（1）

夢の中で、私はひたすら数字を足していた。子どもの頃、田舎の親戚の家に滞在した帰り道、後部座席で母が小さかった弟を膝枕《ひざまくら》で寝かせており、私は運転している父の隣、助手席で、目の前に続くアスファルトの道を見つめていた。暗い道はライトが届く範囲だけ浮かび上がり、その先は闇だ。その車道のように、数字には終わりがなく、私は次々と現れる数字を足し続ける。

目覚めて、前にもこの感覚を経験したことがあると、私はあれからはじめて、あのテストのことを思い出した。

十年前より、ネットは飛躍的に便利になり、何を調べても、答えが見つかる。

就職　数字　テスト

単語三つを打ち込んだだけで、私は答えを見つけた。

内田《うちだ》クレペリン検査。

クレペリンという人が発明し、日本で内田という人が進化させた、求人などの際、企業で用いられることのある適性検査の一つだ。

画像検索に切り替えると、私がかつて手に取り、書き込んだテスト用紙の画像が液晶画面に並んだ。これだ、とすっきりしながらも、私は自分がその日のことをいかに覚えていないかに驚いた。

一つの画像をクリックして拡大してみると、一桁の数字が延々と並んでいる様は間が抜けていて、なぜこんなものに真面目に取り組んでしまったのか、自分でも自分がよくわからなかった。

「適性検査」という言葉にも、私は少なからず、ショックを受けた。知らないうちに、私の〝適性〟を知らない誰かに検査されていたことに、不当な仕打ちをくらったように感じた。

でも、知らないうちに、なんて、私が甘かっただけなのかもしれない。よく考えてみれば、面接そのものが、仕事そのものが、適性検査だったからだ。〝適性〟を測られなければ働くこともできない状況を、常に選ぶ側ではなく選ばれる側であったことを、正規雇用を経験したことがなくずっと〝非〟という冠がかぶせられていたことを、私はこれまで疑問に感じたことがなかった。

あの人たちはどうだったんだろう？

私は女たちのことを思い出した。同じ部屋の中で、変なテストを一緒に受けたあの女たちのことを。

あの時、彼女たちはこのテストをどう思っていたんだろう？　あの女たちもクレペリン検査の夢を見ることはあるだろうか？

ネット検索をし、ぼんやりとしていたクレペリン検査の輪郭をはっきりと自分の中で更新してしまったことで、それから私は頻繁《ひんぱん》にクレペリン検査の夢を見るようになった。

　夢の中の私は、相変わらず、生真面目に、足し算をし続けている。解いても、解いても、クレペリン検査は肥大し、終わりがない。まるで、クレペリン検査を受けるとクレペリン検査に心の一部を食べられ、数字にされてしまうみたいだ。夢の中では制限時間もない。こんな夢を見るべきなのは、もう死んだクレペリンや内田、そして実施した会社の人間たちであって、私ではないはずだ。目覚めた私はそう不服に思うが、結局夜になると、また数字と数字を足し、新たな数字を生み出してしまう。

　ある夜、夢の中でクレペリン検査の数列が乱れ、私は数字を足すことができなかった。私が足し算をしようとすると、数列がゆらゆらと揺れ、実体をつかむことができない。それでも私が数字をつかもうとすると、数字はぼやけ、薄くなった。私とクレペリン検査の攻防は一晩続いた。

　もしかしたら、これは私が見ている夢なんじゃなくて、クレペリン検査が見ている夢なのかもしれないと、起きてから私は思った。もしかしたら、クレペリン検査はクレペリン検査の夢を見続けて、ほとほと嫌気がさしているのかもしれない。もしかしたら、クレペリン検査は自分自身を解かせたくないのかもしれない。何しろ、日本のどこかでクレペリン検査が行われている限り、クレペリン検査は理不尽な、数字の化け物であり続けるからだ。これは、私が見ているこの夢は、クレペリン検査の反乱なのかもしれなかった。クレペリン検査と私は、同じ夢に囚われている。

私があの時、真面目にクレペリン検査を受けなければ、何か変わっていただろうか？

どうして私は、同じ部屋にいた三人か四人の女たちの顔もちゃんと思い出せないのだろう。

何を思っても、もう遅いだろうか？　今更、あの時の、あの瞬間の彼女たちとつながりたいと願っても？

なぜこんなものが必要なのか。

十年以上も経って、ようやく私はそう思えた。


なぜこんなものが必要なのか。

菜摘《なつみ》はそう思いながら、

「一分です」

と目の前の三人の女たちに促した。

次の数列の先頭に、女たちの鉛筆が移動する。一人はこちらがなぜと思うほど俊敏に、一人は後半に入ったというのにまだ戸惑っている様子で、一人は明らかにやる気をなくしているようだ。

菜摘もやる気をなくしている女に一票を投じたいところだ。

非正規の受付業務にこんなテストを導入して、仰々《ぎょうぎょう》しいというか、おこがましいとは、上司たちの意識には微塵《みじん》もないらしい。人材を求めてきた会社側の邪心が透けて見えるようで、菜摘は鼻白む。特に使わないけどあったらいいな、の能力を求められ、実際働きはじめてみたら、結局使わない。それでも、雇う側の胸は痛まないし、自分たちがその能力を求めたこともすぐに忘れるのだろう。

カリカリカリカリカリ、と筆圧の強い一人分の音をＢＧＭに、菜摘は再び声を出す。

「一分です」

この仕事は苦手だ。学生時代に、テストの試験監督のバイトをしたことがあるが、あれはただ時間が過ぎるのをぼんやりと待てばよかった。教室を見渡せる教卓の後ろに座った菜摘は、受験者から見えないのをいいことに、靴《くつ》を脱いで片足をぶらぶらと揺らしていた。でも、このテストは、一分ごとに次の列に移動していく、という作業動作があるせいで、時間を告げる試験官までなんだか必死な気持ちになってしまう。

「一分です」

これが最後の一分だ。

今日はこの後、二つの面接が入っている。その前に、下のコンビニで遅いランチを買わなければいけない。面接はどちらも非正規の事務業務の募集だ。菜摘がこの派遣会社で非正規として働いてもう三年経っている。非正規を選ぶ立場にいる自分もまた非正規であることを、彼女たちは知らないだろうなと、ストップウォッチを片手に菜摘は三人の女の頭頂部を見つめる。

「時間です」

菜摘が言うと、カリカリカリカリカリの音がぴたっとやむ。機械みたいな人だ。

結果は追ってこちらからお知らせします、と告げると、三人の女はそれぞれ小さく菜摘に礼をして部屋を出ていき、機械みたいな人は、今度はカツカツカツカツとヒールの音を響かせていった。

菜摘はそれぞれの長机に置かれたテスト用紙を集めると、さっきまで自分のいたデスクに重ねた。

部屋を簡単に整えようと再び長机のほうに方向転換しようとした時、何かが菜摘の目の端をよぎった。

不思議に思い、菜摘はもう一度、テスト用紙に目を落とした。これはあの機械のような女の分だ。

計算は一分ごとに下の列に移動していくので、数列はだいたいの場合、半分以上が手つかずで残るのだが、下のほうの列の右端のあたり、かつてここに到達できたことのある人は果たしているのだろうか、と訝《いぶか》しく思うあたりで、数字が数個分ほど欠けて、小さな丸い空間ができていた。菜摘は事前にちゃんと確認していた。テストの前にはこんな抜けはなかった。下に重なっている残りの二人の用紙も確かめてみたが、突如として出現した空間は三枚ともにできていた。サラサラとした紙の上のその小さな抜け穴に菜摘は触れてみたくなり、そうした。

桑原さんの赤色

〈女性募集〉

大学に向かう道の途中にある古びた木造一軒家の壁に、いつからかそう貼られていて、特に理由もなく、ある日夜野《よの》はその貼り紙に気がついた。

〈女性募集〉

求人募集であるようだが、時給や勤務日数など、詳細は何も書かれていない。
不思議に思い、これまではただの風景だったその建物を、夜野ははじめて注意して見てみた。変色した壁には一面、物件の情報が書かれた貼り紙が規則正しく並んでいる。

〈女性募集〉

という、少し離れたところに貼られた簡潔な一言が嘘《うそ》のように、こちらはびっしりと小さく情報が書かれている。よくわからないが、戸建てや分譲マンションの売買物件ばかりで賃貸物件の貼り紙は一枚もなかったし、夜野が今のアパートの部屋を借りたチェーンの不動産屋のように、入りやすい雰囲気もまったくない。いまだに生きながらえているのが奇跡のような、昔ながらの小さな事務所だった。中からは、物音一つしない。

〈女性募集〉

水商売でもないのに、水商売でもよく考えてみればどうかと思うが、そう書かれているのがちょっとおかしくて、夜野は友達に送ろうと、何の気なしにスマートフォンで写真を撮った。

夜野と大学の友達数人は、どこかで面白いものを見つけたら写真に撮って送り合うＬＩＮＥグループをつくっている。ネットで見つけた画像は駄目、実際の生活の中で見つけたもの限定、という一応のルールもある。

結局、ちょっと弱いかも、という気がして、夜野はその写真を送らなかった。

普段、ＬＩＮＥグループで写真を共有したら、もとの写真はすぐに消去してしまうのだけど、送らなかったから、その写真はフォルダに残った。

不動産屋がある通りをそのまままっすぐ駅に向かい、駅を過ぎてからもう少し歩いたところに去年彗星《すいせい》のごとく現れた真新しいカフェがあり、夜野はそこでバイトをしたかった。

大学のある街だというのに、大学自体がおっとりとした住宅地の中にあるせいか、街として商魂を働かせる気などさらさらないらしく、カフェなんてあと十軒以上あってもいいくらいなのに、ない。そのくせお金にわりと余裕のある街の人たちはカフェに飢《う》えていて、だからその店はできた途端、あっという間に発見され、人気店になった。

細長い店内は木調の落ち着いた雰囲気で、いいスピーカーからジャズやクラシックが流れている。平成生まれの夜野は知るよしもないが、白く塗られたコンクリートの壁を飾っているのは、バブルの頃に一世を風靡《ふうび》した女性画家の版画。色白で尖った顎《あご》をした、いいお兄さんになってくれそうなまだ若い店長。白いシャツに黒いパンツというアルバイトの服装規定。客が長居することを許すサインであるＷｉ－Ｆｉ。すべてがほどよく、人生はじめてのバイト先としてこれ以上の場所はないように思えた。

なのに、タッチの差で夜野は大学の構内で何度か見かけたことのある男子学生に負けてしまった。

そのカフェに行くたびに、こいつの場所には本来私がいるはずだったのにと歯がみしてしまう。男子学生の接客に慣れていない、初々しい様子もしゃくだった。

「デカフェのカフェオレ」と客からの注文を受けた彼が、「カフェオレ一つ」と奥に通すのをぎらぎらした目でとらえた夜野は、おいおいデカフェ知らないのかよ、あのお客さんが重度のカフェインアレルギーだったらどうすんだ、私だったらそんな初歩的なミスはしないのに、とくやしがった。あんたは電車に乗って、大きな駅にあるチェーンの飲み屋でバイトしてりゃあいいじゃんか。

夜野は電車やバスなど、公共の交通機関に乗って学校や仕事に通うことができない。どうしてだかはわからないが、昔からずっとそうだ。

自分という人間のつくりが、そしてそうなると人生そのものがどうにもイケていないことに、大学に入る前から、夜野はとっくに気づいていた。ホットの飲み物を頼むべき時にアイスを頼んでしまうような、ちぐはぐさがずっとある。

いつ吐き気を催《もよお》してもいいように、遠足の前日でもないというのに、夜野のメイクポーチには酔い止めの錠剤が常備されている。これじゃまるで、この社会にずっと酔っているようなもの、〝人生〟酔いをして生きているようなものだ。

友達と約束した時は、待ち合わせの時間のだいぶ前に家を出る。そうすれば、電車やバスの中で調子が悪くなっても、遅れずに間に合う。友達は、夜野が途中電車を二回下車したことなど知るよしもない。映画に行く時も、これならもう少しがんばれば前の回を見られたんじゃと自分でも思うくらいの時間に着いている。

それはある種のお守りのようなもので、実際は、きちきちと時間割が決まっていた義務教育を終わらせた今では、調子が悪くなることはそんなにない。こうやって自分でコントロールできるからだ。時間に余裕があり、自分の気持ちが落ち着いてさえいれば、大丈夫だった。

だから今は大学のある街に住んでいるし、今後会社で働くことになったら、その会社のある街に住むことになるだろう。それで特に問題はないように夜野には思えた。

大学近くの小汚い居酒屋（学生が行くタイプの店ではない）にバイト募集の貼り紙がさ

れているのを見つけた夜野は、いやいや応募するなという話だが、いやいや電話をかけ、いやいやのれんをくぐり、店の女将《おかみ》らしきおばさんは開店前のさびれた店内で面接ともいえない面接をいやいやしてくれた。

彼女は夜野の倍は乗り気じゃなさそうだった。

店の奥ではおそらくこちらも夜野と同じ大学の男子学生が大将と開店の準備をしていて、酒のケースなど軽々と持ち上げられそうな、明らかに体育会系の体を持ったその子が、この店でのバイトの正解なのだと言いたげに、女将は彼のほうをちらっと振り返った。

受かるわけがない。

講義中、大教室の後ろの席で、スマートフォンに大量に保存されている、ネット空間でかき集めたアイドルの画像をひたすらスクロールして自分を慰《なぐさ》めていると、すっかり忘れていた、

〈女性募集〉

の貼り紙が、推《お》しと推しの間に挟まっていた。

まさかここまで事務所が小さいとは思わなかった。中に足を踏み入れた瞬間、やべえとこに来てしまったと、夜野は後悔したくらいだった。

六畳間、いやおそらく八畳くらいはあるのかもしれなかったが、その貴重な空間の半分

は、白いレースのカバーが上半分にかけられたどっしりとした二人掛けの革のソファー二脚とガラステーブルといった、ザ・応接セットに占められていて、残り半分の空間の壁際は、コピー機やスチールのキャビネットなどがぎちぎちに詰まっている。

どれもこの場所には立派すぎて、大きすぎて、はるか昔の、会社っていうのはこういうものだから、という誰かのアドバイスを鵜呑《うの》みにした結果のように見えた。夜野は、「しょ、昭和！」と反射的に叫びたくなったが、なんとか抑えた。ごつい額に入った油絵の風景画が壁にかけられているせいで、余計に狭く感じた。

奥には二階に続く暗い階段があったが、そこは何十年も前に物置と化しているらしく、上がっていこうとする気配は、社長でさえなかった。小さなトイレと小さな洗い場にコンロがかろうじてあった。

そして、最後に残った空間の中央には、また馬鹿《ばか》みたいに大きなスチールデスクがどかんと置かれていて、そこに女の人が座っていた。

桑原《くわはら》さん、と紹介されたその人は、四十代か、もしかしたら五十代前半くらいの女の人だった。

だいたいいつも毛玉のついた黒いカーディガン、白いシャツ、黒か紺色《こんいろ》のパンツと、奇《く》しくも、あのカフェで働いている人たちと同じ服装をしていて、夜野は自分のいる環境のあまりの違いにくらくらした。電車でバイト先に行けないだけでこの仕打ちか。

よくわからなかったのが、ほかは化粧っ気のない（自分だってここで長いこと働いていたらそうなるだろうと夜野は思った）桑原さんの目元が真っ赤だったことだ。

彼女は、両のまぶたに真っ赤なアイシャドウをたっぷりと塗っていて、それは全体的に地味な彼女の中で異彩を放っていた。異彩というか、異様だったが、桑原さんの目元の赤色以外は、この職場での日々は、淡々としていた。

週三回勤務の夜野の仕事は、コピー取りや小さなお使いなどで、最近までは、何十年にもわたり、近所に住んでいる女の人がその役目を引き受けていた。

自分も古希《こき》に入り、長らく諦めていた孫も誕生したのでそっちに集中したいという彼女の希望を叶えるべく、社長は件《くだん》の貼り紙をゆるゆる出したが、夜野が電話をかけてくるまでの半年間、特に誰からも応募がなかったそうだ。夜野が通いだして数週間が経ち、打ち解けてきた頃、こんなところだからねえ、と社長は自嘲気味に言い、本当にそれだけが原因だと思っているようだった。

こんなところ、は、慣れてみると、案外いい会社だった。

こんな狭い場所に社長、桑原さん、内田《うちだ》さん（三十代の男の人で、この人はほとんど私語をしなかった）が働いているだけでもういっぱいなのだから、自分など必要ないのではないかと夜野は最初思ったが、そういうわけでもないらしく、なんだかんだいって小さな仕事があり、なんだかんだ夜野は必要なのだった。

大学への道のりの、ちょうど三分の一くらいのところに事務所はあった。夜野はその道を繰り返したどった。

夜野が住む学生用のアパートを出てしばらく東に進み、それぞれの部屋の洗濯機がドアの横に置かれている安アパートを越えると、畑がはじまる。

畑の左手には数軒の住宅が並び、そのうちのいい具合に焼けたトーストみたいな色をした一軒は、二階にレースのカーテンがかかった大きな窓があり、二匹の白いプードルがまるで陶器の置物のようにこっちを見ている。この二匹の犬を見ると、夜野は毎回「あ、いた！」と心の中で飽《あ》きずにはしゃいでしまうのだが、よく見かける同じような小型犬の散歩をしているニット帽をかぶったおじさんも、ある日娘らしき女性と一緒にいる時に、その家の犬たちを見上げて「あ、いた！」とうれしそうに言っているのが、すれ違いざまに聞こえた。

その隣家のレンガの壁一面にはわされている蔓《つる》には、冬になるとキウイの実がぼっこぼことまるで湧き上がる泡のように実をつけるので、キウイってこういう風になるんだと夜野は学んだ。

そこから少し歩いた先、四つの畑に囲まれた四叉路《よんさろ》で右折し、梅の花の咲くのが毎年早い細い道をまっすぐに行くと、事務所が見えてくる。

この細い道はタクシー運転手たちの休憩所になっていて、常に数台のタクシーが一列に並んでいる。だいたい運転手たちは車の中で座席を最大限に倒して眠っていた。顔にかけられた白いタオル。道には、コンビニの弁当やカップラーメンのゴミが捨てられていることもあり、ゴミを持ち帰ってくれという注意書きが柵に貼られているのだが、丁寧に書きすぎているせいで変な文章になっている。夜野はこの街に引っ越してきた頃、この道が少しこわかったのだが、運転手たちはこちらに目を向ける余裕もないほど疲れ切っており、じきに慣れた。

同じく畑に囲まれていて、ほとんど違いのない一つ隣の道には、収穫された野菜を売っている無人販売所があり、夜野は時々そこで大根やほうれん草や柚子《ゆず》を買った。ここらへんに点在している、土地持ちの地元民たちが相続税対策でつくっている畑の野菜は、無農薬なのにスーパーで買うよりもだいぶ安かった。

本当に得意先や取引先がいるのかも夜野には疑問だったが、社長と内田さんは外回りでよく事務所からいなくなった。

「社長ってなんか思ってた感じじゃないですね」

その日、社長が二人で食べるようにと出かける前に置いていってくれた金沢の銘菓をぱくつきながら、夜野は言った。

桑原さんはパソコンから顔を上げた。目の上の赤が夜野の目を呑み込む。

「思ってた感じって？」

桑原さんは、夜野がいつ見ても赤いアイシャドウをしていた。その独特のアイメイクに最初は身構えたが、ほかは別段エキセントリックなところもなく、至極穏やかな人で、事務所に二人残っている時間が多かったこともあり、もともとおしゃべりな夜野は、勝手に打ち解けていろいろと話すようになっていた。

「なんかもっとやばい感じを想像してちょっと不安だったというか。場所的にも昭和っぽいっていうか、すごいセクハラ発言とか、あと本当にセクハラとかするおっさんだったらどうしようと思ってたんですけど、全然そうじゃないじゃないですか。内田さんも営業っぽくないし。私がハゲ親父の社長とか営業の男の人ってこういう感じかなって勝手にイメージしてただけですけど」

言いながら、うさぎのかたちをした饅頭《まんじゅう》だけでは飽き足らず、コンビニで買ったダースを食べはじめた夜野がすすめると、桑原さんは特に表情も変えずに、チョコレートを一個取った。お使いのついでに寄ったコンビニでは、時々このあたりですれ違ういつも長靴《ながぐつ》をはいたおばあちゃんが、ビニール袋に入れた一円玉で百円のコーヒーを買っていた。

ちっぽけなチョコレートをつまんだ何も塗られていない桑原さんの爪《つめ》はそっけなく、甘皮処理とかしたことないだろうなと、夜野は考えた。

チョコレートを乾燥した唇の隙間《すきま》に滑り込ませた桑原さんは、ちょっと思案するような表情になったが、長年勤めている職場を夜野にくさされても特に気分を害した様子もなく、

「そうね、柏葉《かしわば》さんが言うような場所は確かにあるけど、そういう意味では、ここはまあそうじゃないね」と答えた。そして、

「よく考えると、そういうことがある場所とない場所があるって不思議よね。全部なければいいのにね」

とひとりごちた。

自分の見立てが間違っていなかったことにホッとした夜野は、にこにこと続けた。

「社長ってちょっと天然ですよね？」

「なんで？」

「ほら、〈女性募集〉とか貼るじゃないですか。あれとか変ですよね、情報ゼロで、何も言ってないじゃないですか。電話した時、ちょっとビビりました」

桑原さんはへえ、と新しい生き物でも見るような顔で夜野を見た。

「本当にわからないの？」

「え？」

「あれは〈女性〉って言葉だけでもう充分な情報なのよ」

「え、どういうことですか？」

夜野はぽかーんと口を開け、桑原さんはさらに、へえ、という表情を深めた。

「はじめから正社員は募集してないし、給料も安いし、業務もたいしたことないですよ、ってちゃんとその中に含まれてるの。だから社長もうれしかったんじゃない、柏葉さんみたいな大学生の女の子がはなからアルバイトのつもりで来てくれて」

「え、それみんなわかるんですか？　なんでわかるんですか？」

夜野は目を見開いた。右手の上のダースの箱が傾《かたむ》き、半分くらい残っているチョコレートの粒が一斉にスライドした。

「どちらかというと、わからない人がいることに感動したわ、私」

桑原さんは言うと、夜野の全体をまじまじと見た。赤い色と一緒に。

結局、夜野は卒業までその事務所でアルバイトをした。ほとんど三年間だ。

その間ずっと、社長はいい人で、内田さんは無口で、桑原さんは赤いアイシャドウをしていた。社長と内田さんはよくどこかに出かけていき、桑原さんはいつも事務所にいた。毎年年末になると、近所にある、この街で一番おいしい中華料理屋の二階で一応忘年会をしたが、盛り上がる、ということを知らない人たちの集まりだったので、ここが事務所の中でも何の違いもないだろうという謎の数時間になった。回転テーブルの赤と桑原さんの目の上の赤がマッチして、きれいだと、その時だけ夜野は思った。

きれいだと思ったのに、二年目の赤テーブルで、夜野は酔いにまかせて桑原さんにこう言った。

「どうしていつも赤色なんですか？」

あんかけそばにのっていたプリプリとした大きなエビを頬張《ほおば》っている最中だった桑原さんは、すぐに言葉が出ずに、眉間《みけん》に小さく皺《しわ》を寄せたが、気が大きくなっていた夜野はそのまま続けた。

「桑原さんにもっと似合う色があると思いますよ。今、パーソナルカラー診断とかもあるし、行ってみたらどうですか？　私は、イエベ春、なんでピンク系が似合うらしいです」

桑原さんの喉《のど》がごくんと動き、エビが通過してゆくのがわかった。

「そういうことじゃないのよ」

桑原さんは言い、つまらなそうに夜野を見た。

「この色じゃないと駄目」

「え、なんでですか？」

「いつもこういう気分だから」

目の前の、赤いアイシャドウをした女を見て、その時の桑原さんを、三年間分の桑原さんを、夜野は思い出した。

女は、友人宅の、デスクトップ型パソコンの液晶画面の中にいた。

その数日前、夜野はＬＩＮＥで友人になんやかんやと愚痴《ぐち》っていた。夜野は二十六歳で、二十六歳の夜野はいろいろうまくいかなかった。

ようやく実家を抜け出し一人暮らしをはじめたばかりの友人は、キッチンが広めの部屋を選んだから一緒になんかつくって食べようと夜野を誘い、ふたりで簡単なピザを焼いた後、「せっかくだからなんか見ようよ」と彼女はパソコンで動画配信サイトを開き、マイリストを何度かスクロールしてから、今、韓国映画流行《はや》ってるし面白そうと、スタートボタンを押した。

「韓国の映画で見たの」

あの時、桑原さんはこう続けた。

不自然なまぶたの理由は、それですべて説明がつくとでも言うように、はっきりとした口調で。

「なんですか、それ」

夜野は笑い、突き詰める誠実さも興味もなく、何か自分が話したかったことをへらへらと話した。

画面の中の赤いアイシャドウの女は常にミステリアスな表情を浮かべていた。

でも、ミステリアスって、ただ単にこっちがその人の気持ちをわかってないって、ただそれだけのことかもしれないな、と夜野はさっきケチャップを塗りたくったピザをかじりながら思った。自分が桑原さんのことをよくわかっていなかったみたいに。

女は復讐《ふくしゅう》を遂げるために、一歩一歩、卑劣な犯人を追い詰めていき、そのまぶたは常に赤く彩られていた。

この赤は復讐の赤だ。

そう気がついた時、これが、桑原さんが言っていた映画だと、夜野は確信した。

桑原さんは復讐したかったのだ。

何にかは今更夜野にはわかりようもないけれど、何かに。もしかしたら、桑原さん自身も、自分が何に復讐したいのかわかっていなかったのかもしれない。それともその逆かもしれない。桑原さんは夜野に本心を話す気なんてはなからなかった。何十歳も年下の女の子に気持ちをぶちまける必要なんてなかった。赤いアイシャドウをつけて働いていた彼女は、それだけで最強だったのだ。

いつのことだっただろう、

「変わった名前ね」

桑原さんは言った。

「あー、親たちがちょっと暗くって、昼の野原よりも夜の野原のほうが好きだって言うんですよ」

「いい名前ね」

桑原さんは笑った。

「なんか私も赤いアイシャドウをつけたくなってきた」

エンドロールが流れるなか、放心したように友人は言い、

「わかる」

と、夜野は返事をした。わかるよ、桑原さん。

次の週末、夜野は大きなデパートの化粧品売り場を何周もして、赤いアイシャドウを探した。

ラメが極力入っていない、シアー感とかもない、とにかく頑固な、真っ赤な赤がよかった。

前から好きだったブランドがちょうど今季はシノワズリをテーマにしていた。がっつりと赤い色のアイシャドウが売られているのを見つけた夜野は、飛びつくようにしてそれを買った。

せっかくだからとタッチアップしてくれた店員に、さあどうぞと手渡された手鏡の中でマスカラも塗らず眉毛《まゆげ》も描かず紫外線対策でBBクリームだけかろうじてつけた夜野の顔の上に、誇らしげな、強い、赤い色だけがあった。

似合うも何もないと思うが、頓着なく「お似合いです」と微笑《ほほえ》んだ店員に背中を押され

るようにして、夜野は魔法にかかったようにふらふらと、重いガラスのドアから外の世界に解き放たれた。

土曜日の街は、女たちで溢れていた。夜野は駅へと向かいながら、突如として見えるようになった世界に目を見張った。行き交う女のまぶたはみな、赤く光っていた。

この世で一番退屈な赤

この世で一番退屈な赤は、生理の赤。

リカがそう思うようになったのは、いくつの頃だっただろう。はじめての生理が何歳だったのかも覚えていない。驚いた、恥ずかしかった、記憶はある、トイレで。でも、その記憶は、リカにとっては、いつまでも囚われるようなものじゃなかった。だから、男の脚本家が書いたドラマに初潮の場面が出てきたり、ぼくはちゃんと女性を描きたいから設定を考える時には初潮の年齢もしっかり決めますね、なんてそいつがインタビューに答えていたりすると、なんだかちょっと笑ってしまう。女＝生理って思ってるんだろうなこの人って。

驚いた、恥ずかしかったトイレからもう十年以上経って、生理の赤は、すっかり見慣れて、もうたいして驚きもない。そうですか、ってそれぐらい。大半はすでにナプキンに吸収された後で、その赤は遠くて、本当に赤だったのかよくわからない。あれはもう何の色でもないよ。

そんなわけで、最初に気づいた時、リカは確信が持てなくて、とりあえず気にしないことにした。目の錯覚《さっかく》。目の錯覚。生活していると、学校に通っていると、働いていると、自分の体は自分のものじゃないみたいに感じることのほうが多かったし、自分の体に気を配ることよりも気を配らないことのほうが褒《ほ》められるような気がした。身だしなみは別だけど。リカが知らないことはたくさんあったし、特に体の話なんて、頭がいたいとか腰がいたいとか、そういう日常会話に収まるレベルぐらいで、突っ込んだ話は周りの子たちも誰もしていなかった。だから実は、この現象がほかの子にしたら当たり前のことだったとしても、リカにはわかりようがない。

生理の血がオレンジ色だった。お風呂で、コンディショナーを流しているところだった。薄めに開けていたリカの目の端《はし》を、オレンジ色の筋が流れていった。

は？

リカはぎゅっと目を閉じると、顔にシャワーをバシャバシャ浴びた。焦って必要以上にシャワーヘッドに顔を近づけたので、バシャバシャというより、直撃って感じだった。視界がクリアになると、新たなオレンジ色の流れが生まれているのが、今度ははっきりと目に映った。その流れは、リカの股《また》の間からはじまっていた。

オレンジジュースだ。

リカは、信じられない気持ちで眺めた。よく見ると、オレンジ色の流れには繊維質が混ざり、果汁100%かとリカはぼんやり考えた。リカの生理の血はオレンジジュースになっていた。厄介な事態の出現に対処すべく、ここで「目の錯覚」にご登場いただき、リカは風呂場から出ると、体を拭《ふ》き、下着に足を通し、ナプキンをつけ、ひっぱり上げ、一丁あがりとした。

次の夜、リカは疲れて湯船につかっていた。自分の体を気遣うよりも周囲に迷惑をかけないほうが大事、という社会のルールがすっかり身についているリカの中で生理の血がオレンジジュースになった出来事は、いくらなんでも薄情のようだが、すでに忘却の彼方《かなた》にあった。立ち仕事はつらく、それが生理中ともなるとさらにつらく、痛み止めを飲んでも不快感は消えず、血の色がどうだとかいちいちトイレ休憩のたびに確認するような余裕はリカにはなかった。仕事が第一、リカの体は静かに耐える。

湯船は足をめいっぱい伸ばすには狭すぎた。行儀の悪い体育座りのような格好で、リカはお湯から頭だけ突き出ている右膝《みぎひざ》に右頰《みぎほお》をくっつけて、息を吐いた。

両ももの間から、小魚が泳いでいく。小魚と並走するように先の尖った葉っぱがいくつも漂《ただよ》い、底には小石が沈んでいる。浴槽のちょうど真ん中あたりに突然現れたのは、どうやら小さな川らしい。小川の色は透明で、澄《す》んでいた。

あー、これ、私の生理だな。

忘れていたくせに、リカは直感的にそうわかった。

小さな川の流れになった生理の血は、お湯の中でも、涼しげで、小石がキラキラしている。小魚が跳《は》ねると光が躍る。

私の生理ってきれいだったんだ。

リカは自分の生理の血に見とれた。これまでもこんな風に、リカの生理の血は好き勝手にしてきたのかもしれない。リカが気づかなかっただけで、リカが気づかないのをいいことに、色を変え、その時々自由にしてきたのかも。そう考えてみると、なんだかもったいなかったように思われた。

小川の流れがはやくなった。小魚たちが逃げるように泳ぐ速度を上げ、川の中ほどにある石にとまっていたシラサギが飛び立った。何かがはじまる。目を大きく見開くと、リカはリカの生理をじっと見つめた。

許さない日

あのおぞましい生地を、細かく、細かく、切り刻んでいく。本当のハサミもいいけど、想像のハサミで事足りる。頭の中のハサミを鋭く尖らせて、わたしたちは切って、切って、切る。

嫌だったことに、本当に嫌だったことに気づいたのは、だいぶ時が過ぎてから、大人になってからだった。その頃ももちろん嫌だったけれど、学校にはほかにも嫌なことがあったから、たくさんある嫌なことの一つなのだと、いずれ通り過ぎることだと、わたしたちは愚かにも信じ込んでいた。

しかし、年を経ても、その記憶はわたしたちを新たに苦しめ続けた。あの下着のパンツと同じかたちをした体操着、ブルマをはいていた記憶が日常の中でふと蘇《よみがえ》るごとに、わたしたちは死にたくなった。顔を盛大に心ゆくまま歪《ゆが》め、言葉にならない叫び声を上げたかった。

あれがわたしたちの学校の、教育を受ける場であるはずの学校の体操着だった。日常的に使用されるものだった。学校から指定され、強制されたのだった。その曲げられない事実に、恐ろしいことに、いつまで経ってもわたしたちは傷ついている。烙印《らくいん》を押された気持ちでいる。

あのブサイクな色。あのブサイクな素材。それぞれ違う色と素材を経験していたとしても、わたしたちは同じ気持ちを持っていた。笑い話にして振り返ることはできない。笑いごとではない。あんなもの、本当は言葉にだってしたくない。金輪際《こんりんざい》、口にしたくない。目にしたくない。この世界から消滅すればいいのに。いいのに、なんて生易しい。あれは消滅するべきだ。もっと早くに、消滅するべきだった。

だから、わたしたちはブルマを切り刻む。決して許さないために、許さない日を、わたしたちは制定したのだった。

その日、わたしたちは切り刻む、想像のハサミを駆使して。原形をとどめなくなるまで、桜吹雪よりも小さくなるまで、ブルマが無効化するまで。一枚一枚、根気よくズタズタにする。ジャキジャキジャキと、ジョキジョキジョキと、ザクザクザクと。

想像だというのに、あのゴワゴワした化学繊維の感触を、わたしたちは忘れることができない。きついゴムがわたしたちのお腹や太ももののつけ根に食い込み、残した跡を。辱《はずかし》めを。

その日は、一年に一度でも、毎日でもいい。日時と場所も自由だ。一人で行《おこな》っても、数人で集まってもいい。細かいことはすべて個人にまかせられている。それぞれが思い思いのタイミングで行うのが望ましい。

切り刻みながら、わたしたちはいくつもの羞恥《しゅうち》の記憶を思い返す。好きで思い出しているのではない。フラッシュバックのように、どうしても思い出してしまうのだ。わたしたちの中にカビのようにこびりついた苦い記憶。悪夢。忘れたふりをしていられるならば、どれだけ楽だろう。それでも、わたしたちはやめるわけにはいかない。

わたしたちは常に気にしていた。下からパンツがはみ出していないかを。確認するために、始終ブルマの縁《ふち》の部分に手をやっていた。そんな状態で、そんなことを気にして、体育の授業がまともに受けられるだろうか。飛んだり跳《は》ねたり伸びたりと、大きな動きをした後は、すぐにブルマの縁を点検した。走っては確認、飛び越えては点検。そしてわたしたちの努力もむなしく、パンツはいつの間にかはみ出ていた。

わたしたちは互いにパンツをはみ出させては、笑い飛ばし、即座に冗談に昇華し、気にしていないふりをし、健気に耐え、相手によっては陰でクスクス笑った。そのすべてが、今思えば、不毛だった。する必要のないことだった。

パンツをきれいに押し込めるだけでも一苦労なのに、その上、体操服の上着の裾《すそ》を中に入れなければだらしない、とする校則もあった。言われた通りに詰め込むと、ブルマはパンパンに膨《ふく》れ上がり、奇怪だった。

どのサイズもしっくりこなかった。ごわつくのを避けるために小さめのサイズを選べばぴったりしすぎて限りなく下着に近づいてしまうし、大きめのサイズだと余りすぎて何かの拍子に脱げるのではないかと不安にかられた。自分にちょうどいいとされるサイズにも、それは本当だろうかという疑いだけがあった。何しろパンツがはみ出す問題があったし、そもそも授業のためにこんな格好をしなければならないということが、どうしても正しく思えなかった。前提が間違っていた。パンツがはみ出していることを教えたり、教えられたりして、友情を育みたくはなかった。わたしたちはブルマに足を通すたびに、学校への、学校教育への不信感を募《つの》らせた。

惨事も起こった。運動会の合同練習の時間、体育座りをし、そのせいで下から見上げるように上級生の演習を見ていると、一人の女生徒のブルマの様子がおかしいことにわたしたちは気がついた。急に生理になったらしい彼女の股《また》の部分には血が滲《にじ》み出し、あの忌《い》まわしい体操着の形状のせいでその部分が目立ってしまっていた。ブルマと生理という当時の二大恥ずかしいものが組み合わさった恐ろしい出来事を目の前にしたわたしたちは、心を硬直させ、目を離すことができなかった。どうすることもできなかった。

本人は気づかないまま遊戯を続けており、同じように体育座りをしている生徒たちの間からヒソヒソ声が聞こえてきた。自分もあんなことになったらどうしようと怯《おび》えるに充分な悲劇であり、またあたかも自分の身に起こったことのように、わたしたちは惨《みじ》めな気持ちになった。ショートカットの似合う、快活な人だった。彼女もわたしたちである。

わたしたちは肌寒くなるのを待った。ぐっと冷え込む季節を待った。わたしたちのむき出しの脚を、ガッチリしたトレパンに突っ込むことができる日を。白い息を吐いて運動場を走らされながらも、わたしたちの脚はすっぽりと隠れていた。できることなら、わたしたちは学校生活のすべてをトレパンで送りたかった。一年中。登下校も。

わたしたちはブルマから解放される日を待ちわびていた。しかし、その日は訪れなかった。学校を卒業した後も。

大人になってから、わたしたちは驚くだろう。かつての男子生徒たちがスカートめくりやブルマにまつわる出来事を、思春期の甘酸っぱい思い出として語ったり、記したりすることに。それらはすべてわたしたちには屈辱《くつじょく》の思い出として、セクハラの思い出として、暴力の思い出として、記録されているのに。彼らの認識に、わたしたちは驚くだろう。

青年漫画にブルマのまま下校する女生徒が登場するのを見ては、ありえないと驚くだろう。スカートをはき忘れパンツ一枚で外に出て、それを指摘され、あっ、いっけない、と小さく舌を出す女生徒の場面を見ては驚くだろう。どれだけわたしたちの身体感覚を侮《あなど》るのだと驚くだろう。

思い出すたびに、考えるたびに、わたしたちは怒りにかられ、無力感に打ちひしがれ、取り乱しそうになる。ブルマに想像のハサミをガンガンと突き立てそうになる。ブルマを違う星まで投げ飛ばしそうになる。そのたびに、落ち着いて、落ち着いて、とわたしたちは声をかけ合い、心を静め、作業に戻る。その繰り返しだ。

わたしたちの許さない日。あの忌まわしい代物を経験したすべてのわたしたちのための、鎮魂《ちんこん》の儀式の日。許さない、という希望をわたしたちは信じる。わたしたちは、わたしたちの魂を救わなければならない。わたしたちはブルマから解放されなければならない。

だから、わたしたちは切り刻む。根気よく続ける。別々の場所で、別々の日に、別々の時間にブルマを切り刻むわたしたちは、会ったことはなくとも、つながっている。ジャキジャキジャキというハサミの音が、わたしたちには今も聞こえている。

向かい合わせの二つの部屋

二人とも漢字は違うが、ユキ、という同じ名前を持っていた。ただ、お互いにそのことには気づいていなかった。

一人は二十代の終わり、もう一人は四十代のはじまりにいた。

団地、と呼ばれる二人が住む建物は、五十代の半ばだった。誰もあまり気にしていなかったが。

二十代のユキはボーイフレンドと住み、四十代のユキは一人で住んでいた。

彼らが生まれるずっと以前に誕生したこの建物は、今新たにつくられる建物に比べて全体的に天井が低く、長身である二十代のユキのボーイフレンドは、集合ポストのある入り口の天井によく頭をぶつけそうになった。十代の頃、彼はバスケットボールをやっていた。時々、敷地内のバスケットゴールがある場所で、偶然集まった人たちとスリーオンスリーをした。最後には、いつもそれぞれ違う方向へと散っていく彼らの後ろ姿を見ながら、まるで子どもの頃と同じだと、彼は不思議な気持ちになった。彼らがどの棟に住んでいるのか、彼はいつも聞きそびれた。

ここに住んでもう三年も経つのに、いつまでも不用意に入り口に頭をぶつけそうになる彼を、かわいい人だと彼女は思っていた。お互い毎朝別の時間に家を出て、別の場所で働き、別の時間に帰る二人が、一緒にどこかに行き、一緒に家に戻ることの喜びの一部として、彼のその動作を彼女は見ていた。

昔の日本人は背が低かったのかな。

パンを食べるようになって背が伸びたのかな。

パンっておいしいよね。

うん、パンはおいしい。

ごはんも。

うん、ごはんも。

二人は同じ会話を何度か交わした。前にもこの話したね、なんてことはどちらも言わなかった。スーパーマーケットの袋をさげて、外食後の明るい気分を長引かせて、二人は日々を繰り返した。

四十代のユキは、近くにある大学で働いていた。背の低い、少しふくよかな体つきの彼女は、古びた自転車にえいっとまたがり、毎朝出勤する。自転車のスチール製の前かごでは、トートバッグに入った水筒と弁当がガタゴトと小さく揺れた。同じ団地に、同じように大学の職員が多く住んでいることを彼女は知っていた。団地という敷地から、大学という敷地を往復して、彼女は暮らした。

　職場は理工学系の研究室専用の図書室で、その小さな部屋で働くのは彼女だけだった。きちんと整理整頓された図書室はいつも静かだった。一日に何度か、研究室の秘書や学生が、教授に頼まれた本や、レポートに必要な本を求めて訪れる。忙しくなることはほとんどない。

　成人してしばらく経ち、買いたいものを、生活していく場所を、自分で選ぶことができるのだと気づいた時、うれしいと彼女は感じた。

　大人になると、こういう自由が待ち受けているのか。

　大人になった彼女は、その自由を謳歌《おうか》しはじめた。

　私のお金、私の人生。

　しかし、謳歌というのは、楽観的すぎる言葉かもしれない。億万長者でもあるまいし、生活には、限度というものがある。そしてその限度は、とてもシビアなものだ。

　毎月、稼いだお金が生活することで減っていくたびに、家賃を振り込むたびに、彼女は生活について、人生について考えた。この後、これが何十年もの間、続いていく。待ったなしで。これは大変なことである。彼女は気が遠くなる心地がした。

これは本当に自由なのだろうか。

残業をしながら、彼女はふと思うようになった。それから、あまり考えたくないと、その思いを急いでかき消した。

彼女の日々は、満員電車に揺られ、終電後のタクシーに揺られ、慌ただしく暮らしているうちに、流れた。コンビニのおにぎりの種類を制覇し、休日はひたすら寝て過ごしているうちに、流れた。寝貯めなんて言ってごまかしても、睡眠時間を貯めることは不可能だった。疲れだけが蓄積されていった。

幼少期に住んでいた街にある大学の求人広告を何気なく目にしたのは、彼女が二十代の終わりの頃だった。そういえば、本人でさえ忘れかけていたが、彼女はその仕事に必要な資格を持っていた。資格なんて、取得している人がたくさんいたら何の役にも立たないと、かつて就職活動中の彼女は思い知ったが、今回は、その資格がちゃんと役に立つことになった。

小学生の頃まで住んでいた駅で電車を下りた彼女は、以前より開けた駅前に驚きながらも、その変化を好ましく思った。以前は閑散としてどこか陰気な雰囲気があったが、今では大きなショッピングモールができていた。人通りも多い。

何より、彼女の心を捉えたのは、電車の窓からも見えた、かつて彼女の家族が住んでいた団地だった。あの白い大きな建物。彼女の家族が去った後も、団地は変わらぬ姿でそこにあった。それは、大袈裟《おおげさ》でなく、感動的だった。

大学での面接が終わった後、気づけば彼女は団地への道をたどっていた。今は遠い街に住む家族に、話して聞かせたら喜ぶだろうと思ったからだ。

道順は簡単に思い出すことができた。幼い頃、学祭などのイベントがあると、家族で足を運んだものだ。焼きそばやかき氷、子ども時代の憧れの味。歩いて十五分というところだろうか。かつては屋台で手に入れた水ヨーヨーを振り回しながら歩いた道を、彼女は自販機で買ったカフェオレを片手に歩いた。

団地の敷地に足を踏み入れた彼女は、懐《なつ》かしさに襲われた。これまですっかり忘れて生きていたのに、いざ来てみると、ここは彼女がよく知っている場所だった。

迷いなく、彼女は自分が住んでいた棟までたどり着いた。ごわごわした手触りの壁。いつもどこか砂っぽいコンクリートの階段。入り口の天井の低さに彼女は驚いた。小さい頃は気づかなかった。

裏に回ってみた。あの頃、この棟の裏には、紫陽花《あじさい》の茂みがあった。

ある年、お花屋さんごっこをしていた彼女は、花の仕入れのつもりで、カラフルな花の部分をすべて鋏《はさみ》で切り落としてしまった。彼女が両手で抱えるようにして持っていた、ぼんぼんとした紫陽花でいっぱいのバケツを目にした母親は真っ青になり、彼女を叱った。褒《ほ》められると思っていた彼女は驚き、母親は同じ棟の住人たちに謝って回ることになった。

考えてみれば、とんでもないことをしたものだ。茎から下だけになった紫陽花の茂みは、彼女の中で恐ろしい思い出になっている。今では、紫陽花ではなく、ラベンダーの茂みが爽《さわ》やかな香りを漂《ただよ》わせていた。

それから、彼女はあたりを散策した。敷地内はかつてのまま、郵便局や床屋、食料品店などが営業を続けていた。小さなパン屋も健在だった。彼女はこの店のチョココロネやクリームパンが大好物だった。中央に位置する公園では、子どもたちが走り回っている。元気だ。

何より驚いたのは、まるで団地を包み込むように生い茂る木々だった。

なんて緑深いのだろう。

木々の葉の厚いフィルターを通過して届いた木漏《こも》れ日が地面で揺れるのを、彼女は静かに見つめた。十何年前は、ここまで緑に覆われてはいなかったはずだ。彼女は、時の流れを、植物の成長から理解した。この場所は木々に守られていた。この場所は過去ではなく、現在を生きていた。

大学から採用の電話がかかって来た後、ある予感とともに団地の名前を検索した彼女は、思った通り賃貸のサイトでその名前を見つけ、あの場所に戻ることにした。

昔住んでいた棟とは違うが、見た目はまったく同じ建物の、同じ間取りをした部屋に彼女は住むことになった。人によっては、古びていると思うかもしれないが、彼女はむしろそのほうが落ち着いた。

家族四人で住んでいた部屋に一人で住んでいることを、彼女は面白く思った。これまで住んでいたマンションよりも一部屋増えたので、彼女は寝室のほかに、書斎を持てた。年季の入った畳《たたみ》敷《じ》きの書斎だが、彼女にとっては立派な書斎だった。大切なのは、彼女にとって、ということだけだった。それ以上に大切なことなどあるだろうか。

リビングには、前から欲しいと思っていた二人掛けのソファーをこの機に新調した。これでゆったりと寝そべりながら、海外ドラマや映画を見ることができる。このソファーの大きさだと、前の部屋では圧迫感が生まれたことだろう。

彼女は、新しい職場と部屋に、何の違和感もなく馴《な》染《じ》んだ。この仕事とこの部屋は、ずっと彼女を待っていたようでさえあった。幸運なことに、彼女は彼女の場所に、ようやくたどり着いた。

彼女は再び自由について考えた。シビアに考え、取捨選択しなければならない自由であるけれど、自分のできる範囲で自分のことを決める、それはやはり自由なのだ。

私は自由だ。

居心地のいい今の環境で、彼女は確信を持って、そう思えた。無理のない自由を満《まん》喫《きつ》して生きていくことを、彼女は選んだ。

仕事から帰ってきた後、開け放した窓からは、団地の様々な音が聞こえてきた。生活の音だ。様々な匂いもした。生活の匂いだ。

夕暮れになると、家々の灯《あか》りが次々と点《つ》く。暗いままの部屋もある。きれいに並んだ団地の窓を彼女のベランダから見渡すと、まったく同じかたちをした建物の同じ部屋に住んでいるのに、それぞれ違う人たちが、それぞれ違う暮らしを営んでいることが一目瞭然で、壮観だった。まるで世界の縮図のようだと彼女は思った。生暖かい夜風を感じながら、揺れる木々のざわめきを聞きながら、彼女は世界を眺めた。彼女もまた、この世界の一部だった。

それから十年以上が過ぎた。彼女とこの環境は、この部屋は、相思相愛のままだった。彼女は四十代になったが、満ち足りた日々に、年齢はあまり意味がなかった。

その間、向かいの部屋の住人は何度も替わった。以前は三人家族が住んでいたが、今は若いカップルが住んでいる。もうずいぶん経った気がするが、二人はいまだ一緒に暮らすことの喜びの中にいて、手をつないで小道を散歩したり、食料品店で顔を寄せ合って食材を選んだりしている二人を目にするたび、その初々しさに彼女は思わず微笑《ほほえ》んでしまう。

二十代から三十代になったユキは、日々が少しずつ変化しつつあることを感じていた。

仕事が忙しくなったボーイフレンドは帰りが遅くなり、食事も外で済ませることが多くなった。以前よくしていたような、二人で食事をつくり、その日の出来事を話しながら食べる時間は、ほとんどなくなってしまった。早く帰ってきた彼女が彼の分の食事を残しておいても、それは食べられることなく、冷蔵庫のタッパーの中で冷たくなった。

休みの日も、彼は遅くまで寝ているようになった。

彼のいびきはこんなに大きい音だっただろうか。

いい天気だというのに、眉間《みけん》に皺《しわ》を寄せて眠っている彼の顔を、彼女は少し離れたところから見つめた。知らない人が急に部屋の中に出現したようで、彼女は戸惑っていた。

彼女自身も、状況を悪化させた。これまで仲良くやってきたのに、はじめて悪い状況に陥ってしまったことに焦った彼女は、早く元に戻したいと、そればかりを考えるようになった。二人のいい時を知っているだけに、悪い時が耐えられなかった。様子を見るという選択肢が、若い彼女には思い浮かばなかった。彼の疲れた心には、彼女が口にする日々の不満や提案の言葉が、重荷に感じられた。

彼女の声はこんなに耳障《みみざわ》りだっただろうか。

彼は耳を塞《ふさ》いだ。

二人はできるだけ相手を避け、必要以上の会話を交わさなくなった。部屋は、突如として、お互いにとって居心地の悪い場所になった。自分に対して不満を抱えた人間が同じ部屋にいることが、こんなにも息苦しいことだったなんて。二人は驚いた。あっという間だった。お互いがお互いを信じることをやめてしまった。そしてそのことに、お互いがすぐに気づいた。二人とも惨《みじ》めだった。

夜、彼女は前よりも簡単な食事で済ませるようになった。食べている最中に彼が帰ってきた時の、気まずい沈黙に耐えられない。手早くつくって、さっと食べて、さっさと寝室で布団をかぶってしまいたい（ボーイフレンドは、仕事や趣味の細かいことをするための作業室として使っているもう一つの部屋に、布団を持ち込んで寝るようになった）。そして、玄関のドアが開く音がしても、自分には関係ないという態度を決め込むのだ。彼女は飲み込むように、慌てて食べた。この部屋はもう彼女の部屋ではなかった。彼の部屋でもなかった。では誰のための部屋なのか。

その日、いつものように急いでパスタを口に押し込んでいた彼女は、向かいの部屋から聞こえてくる笑い声に気がついた。お客さんが何人か来ているらしい。食器がカチャカチャ、楽器のように鳴っている。曲名はわからなかったが、本当の音楽も流れていた。

お向かいからは、時々、こういう楽しい音が聞こえてきた。一度呼びとめられて、遊びに来る友人用にたくさんつくり過ぎたからと、ラム肉のローストをお裾《すそ》分《わ》けしてもらったことがある。ちらっと家の中が見えたが、絵が飾られていたり、鮮《あざ》やかな異国の布が棚にかけられていたりして、素敵だった。同じ間取りなのに全然違う部屋みたいで、面白いと彼女は思った。後で彼女がお向かいの部屋の話をすると、当時は彼も興味を持った。それから、でもやっぱり自分たちの部屋がいいねと、二人で二人の部屋を褒め称えた。

一人でも生きられる。

お向かいの生活の音を聞きながら、彼女の脳裏に突然そう浮かんだ。

一人でも生きられる。

その発想はこれまでの彼女になかった。

四十代のユキは、友人のタカダさんと一時的にルームシェアをすることになった。夫と別れたタカダさんの生活が落ち着くまで、書斎はタカダさんに使ってもらう。

彼女は書斎の机と必要な物を寝室に移動させると、畳の上に厚めのラグを敷き、折りたたみベッドを開いた。今までも、友人が泊まる際に活躍してきた。キャスターが付いていて、一人でも簡単に動かすことができる。そこにタカダさんが荷物を運び入れ、あっという間に書斎はタカダさんの部屋に変身した。まるで別の部屋みたいだと、彼女は感心した。

彼女とタカダさんは、共同生活を楽しんだ。タカダさんは、電車で三十分ほどのところに仕事を見つけた。ひさしぶりの仕事だと、タカダさんはときめいていた。

彼女が用意する弁当の数は二つになった。二つの弁当箱を、ギンガムチェックのハンカチでぎゅっと包んだ。親戚の家から送られてきた大きなみかんを丸々一個添えると、それを見たタカダさんは、

ビタミンCは大事だもんね。

と真剣な顔でうなずいた。

休みの日には、二人で餃子を包んだり、パンを焼いたり、バリエーションに富んだ揚げ物をひたすら揚げ続けたりした。二人いると勢いがつくので、いつでも凄まじい量ができた。冷蔵庫の冷凍室はパンパンになった。

敷地内をゆっくりと歩いて、近くの屋内プールに時々泳ぎに行った。彼女とタカダさんの頭上で、緑色が揺れた。団地の木々は前よりも少し背が伸びていたが、その小さな変化に彼女は気づいていなかった。ただ緑を享受した。

屋内プールからの帰り道、二人はアイスキャンディーを食べながら歩いた。共通の友人と外で飲んだ日も、二人で家に帰った。彼女の友人たちが家に遊びに来る日も、タカダさんは当たり前のようにそこにいて、二人でもてなした。常に冷凍室はパンパンだった。一人だったら入っていなかったはずのお店や場所に、どんどん入った。何かと勢いがある毎日だった。

ずっとこうして一緒に暮らしていくわけではないことはわかっていたが、友人と暮らす、こんな生活もいいものだと彼女は思った。これからも、たまにこういう時期があるかもしれないと考えた。

ある日、彼女とタカダさんが美術展から帰って来ると、自分たちの棟の前に小型の引っ越しトラックが停まっていた。彼女の向かいの部屋から、荷物が運び出されているところだった。

お向かい、引っ越すんだね。

そうみたいだね。

でもあんまり家具がないね。冷蔵庫とか。

確かにね。

二人は小さな声で話しながら、段ボール箱を運ぶ業者さんが途切れた間に急いで階段を上り、部屋に入った。

私が向かいの部屋に住もうかなあ。

タカダさんが冗談めかして言う。

それいいね。

彼女も笑って言う。

テーブルで向かい合ってお茶を飲みながら、タカダさんが向かいの部屋に住んでいたら、さぞや楽しいだろうと、一瞬彼女は真剣に想像した。職場に近い駅に手頃な部屋を見つけたタカダさんは、二週間後にこの部屋から出て行く。お向かいの部屋も、何らかの理由で、どちらかが出て行くことになったのだろう。別にめずらしいことではない。世界には、こんな風に変化が急に訪れることを、彼女はよく知っていた。

三十代のユキは、ボーイフレンドと別れた後も、同じ部屋に住み続けた。

はじめは、二人とも同じタイミングで部屋を出ようと計画していた（悲しいことに、別れを決めてから、二人はまた元通り会話ができるようになった）。けれど、なぜかお向かいのことが頭に浮かんだ彼女は、一度この部屋に一人で住んでみたくなった。単純に、二人で住んでいた部屋に、一人で暮らすのはどんな感じだろうと思ったのだ。そして、かつてのボーイフレンドは、手を振って出て行った。彼女も団地の前で手を振り返した。こういうこともあるのだと、彼女は学んだ。

家電が好きな彼は新製品を試したいからと、もともと彼の物だった大きなスチール製のテーブルやソファー以外の家具は、そのまま置いて行った。

彼女は、一人用の大きさのテーブルとイスを買った。木製で、シンプルなつくりだった。ここ数年、家具や小物など部屋にまつわる物は、彼と話し合い、意見を一致させてから買うのに慣れていた彼女は、自分の好みだけで大きな買い物をしたことを、新鮮に感じた。新しいテーブルとイスを置いてみると、リビングは前よりもがらんとして見えた。空間の広さに少し落ち着かない思いはあったが、彼女は、ひさしぶりに穏やかな気持ちで料理をし、食事をした。ゆっくりと咀嚼《そしゃく》しながら、彼も今頃新しい部屋でそうしているだろうと想像した。

空っぽになった、作業室として主に彼が使っていた部屋をどうするべきか、彼女は決めかねた。リビングと寝室で、彼女の生活は事足りた。これは予想外だった。保留の意味を込めて、彼女はその小さな部屋のドアを閉めた。

　二人で半分ずつ出し合っていた家賃や生活費を、彼女は一人で支払った。同棲をする前に一人で暮らしていた都心部の部屋の家賃を考えると、絶望的なほど負担が大きくなったわけではなかったが、誰かと暮らすことのいい面と悪い面が、今の彼女には身にしみて感じられた。同じ場所に居続けたからこそ、余計に理解できた。またそのうち誰かと一緒に暮らしたり、家族ができたりすることもあるだろうが、今こうして一人で生活をすることは、彼女には必要に思えた。

　ある晩、いつもより大きく部屋が揺れた。部屋はしばらく揺れ続けた。棚と床がミシミシと軋《きし》むのを、彼女は息をひそめるようにして見守り、耐えた。

　地面が揺れるたびに、自分の生活がいかに危うい基盤の上に成り立っているか、彼女は痛感させられた。イスにつかまるように座ったまま、彼女は待った。というか、実際は、そこから動けなかった。ここまで大きな揺れは、一人で暮らすようになってからはじめてだった。認めたくはなかったが、自分が怯《おび》えているのがわかった。

　夕飯時だったので、揺れが収まった後も、団地の人々の動揺と反応が、窓の外から伝わってきた。

　ベランダに出てみると、中庭に人がちらほら見えた。何人かで談笑していたり、一人でスマートフォンを覗《のぞ》き込んでいたり。少し離れたところに、よく知った姿を見つけた。外出中だったらしいお向かいさんは、歩いて自分たちの棟に近づいて来る。彼女は、自分でも驚いたことに、部屋から走り出していた。バーンと、鉄のドアが大きな音を立てた。階段を駆け下りると、集合ポストのところで、お向かいさんと出くわした。考えるよりも先に声が出ていた。その声が上ずっていることに彼女は驚いた。

揺れましたね。

ポストから振り向いたお向かいさんは、彼女の顔を見て微笑むと、すぐに答えた。

揺れましたね。

向かい合った二人は、微笑み合った。

夕ごはんを食べていたんですけど、さすがに中断してしまいました。棚がすごく揺れて。

そうですか、それはこわかったですよね。私はちょうど帰り道だったので、今回はそこまで感じなかったんですけど。

慣れないですよね。

ね、いつまでたっても。

とりとめのないことを話しているだけで、固まっていた心がほどけていくのがわかった。

彼女は大きく息を吐いた。どこか遠くのほうで、サイレンが鳴っていた。

お茶でもどうですかと誘われるままに、彼女ははじめて向かいの部屋に足を踏み入れた。

はじめてだけど、間取りが同じなので、不思議な感じがした。以前玄関から目にした時とは、物の配置が少しだけ変わっているように見えた。

リビングの壁に美しい草花のカレンダーがかけられていて、彼女がじっと見ていると、

ああ、それ、この前イギリスに旅行したんだけど、Ｖ＆Ａ博物館で買ったの。どうぞ、座っててください。

と言いながら、お向かいさんはお湯を沸《わ》かす。それから、

トイレはそっちです。

と言いかけ、

あ、知ってますよね。

と可笑《おか》しそうに笑った。

その夜は、彼女の中で大きな意味を持った。彼女と同じ部屋を、どうしたものかとぽっかりと空いた穴のように放置していた閉ざされた部屋を、お向かいさんが当たり前のように、自分のためだけに使っているのを見て、とても勇気が出た。彼女はお向かいの部屋がとても好きだと思った。

部屋に帰ると、彼女は、閉めていたドアを開け放ち、小さな部屋の中央に仁王立ちになると、考えた。

ここも大事な私の部屋だ。

それから一年後、気持ちの変化とともに就きたい職種も変わったため、彼女は新しい職場に近い街に引っ越すことになった。

それまでの一年間、彼女はこの部屋と蜜月を過ごした。それまでどこか結びつきが弱かった部屋は、しっかりと彼女の部屋になった。彼女はそう感じた。小さな部屋は彼女だけの作業室となり、この小さな部屋から、彼女の新しい仕事への芽が生まれた。

一人で暮らす期間があったおかげで、彼女は悲しい思い出ができたこの部屋を、いい思い出に変えることができた。二人で暮らした頃を懐かしく思い返すことができるようになった。彼女はこの部屋で最善を尽くした。やれるだけやった。

引っ越しを告げると、お向かいさんは残念がってくれた。引っ越しの日には、餞別だといって、手づくりのショートブレッドを大量に持たせてくれた。丸々とした大きなみかんも一個くれた。

ビタミンＣは大事ですもんね。

彼女がトートバッグにしまいながら言うと、お向かいさんは真剣な顔でうなずいた。

新居に着いて、慌ただしい引っ越し作業が一段落してから、彼女はかつてのお向かいさんのショートブレッドを早速一つかじってみた。バターのまっすぐな味がして、あの温かかった場所のことを彼女は思い返した。子どもの声が絶えず、緑に包まれたあの場所。お向かいさんが、楽しそうに暮らしていたあの場所。

私も楽しく暮らした場所。

私が楽しく暮らした場所。

最後の一口をゆっくりと味わった後、彼女はまた段ボール箱を開ける作業に戻った。

四十代のユキは、今日も仕事に出かけていく。水曜日だ。

ドアに鍵をかけていると、ちょうど向かいの部屋の男性が、娘を幼稚園に送っていくところだった。

おはようございます。

大人二人が挨拶《あいさつ》を交わすと、

おはようございます。

と幼い声が後に続く。

自分たちの棟の前で手を振って父娘と別れた後、彼女は大学に向かう。

振り返ると、緑の下、反対の方向に歩いていく二人の後ろ姿が見えた。手をつないでいる二人の、高低のコントラストが面白い。

家族が越してきてから、何年ぐらい経っただろうか。その前に住んでいたお向かいさんのことを、彼女は時々思い出す。ある時、二人とも同じ名前だとわかり、それからはお互い名前で呼び合うようになった。仕事が順調らしく、今ではだいぶ遠くの土地に住んでいるが、時々メールをくれる。

最近は自転車ではなく、職場まで歩くようにしている。リュックを背負い、イヤフォンをした彼女が聞いているのは、中国語の会話集だ。一時彼女の中で吹き荒れたイギリスブームは一段落し、今度は台湾旅行を計画している。特に行ってみたいのは台北だ。タカダさんも行きたいと言っていたので、もしかしたら二人旅になるかもしれない。いつなら休みが合うだろう。一人でも、二人でも、どっちでも楽しい旅になるだろう。

空を仰ぐと、彼女の上にも緑のヴェールが広がっている。彼女は長い間、このヴェールに守られてきた。四十代のユキは来年五十代になる。この団地も、木々も、彼女と一緒に歳をとり続けるだろう。

敷地内は、今はタンポポやクローバーが咲き誇っているが、これから暑くなるとひまわりが隆盛を極める。秋はどこを歩いても、どんぐりを踏む。そのごろごろする足下の感触も、一斉に頭上のヴェールが取り払われる冬も、彼女は好きだ。

今、彼女が通り過ぎた棟の一階の部屋には、いつ頃からか、「私設図書室」と書かれた木の看板が下げられている。以前大学で司書をやっていた女性が、ボランティアではじめたそうだ。絵本や児童書がたくさんあるらしく、子どもたちがわらわらと部屋に飛び込んでいくのをよく目にする。

パン屋は息子の代に代わり、創意工夫に溢れた新商品が時々登場する。彼女は歩きながら、おいしいパンの匂いを思う存分吸い込む。風が少しだけ冷たい。彼女が今日着ているスプリングコートは長い時を経てだいぶくったりしているが、着心地は今のほうが断然いい。人も、物も、植物も、動物も、建物も、育つ。

彼女は緑の下を歩いて行く。もうすぐ敷地を抜けると、今度は青い空が彼女を待っている。

誰のものでもない帽子

部屋は一万円ほど安くなった。

予約サイトを流れていく無数のホテルの写真には割引が適用された後の数字が赤々と目立っていて、取り残された割引前の数字がさみしげにさえ見えた。

予約した部屋はもともと高くなかったので、割引もそんなものだったが、それでも助かりはした。ウイルスが流行するなか、旅行を推奨する政府の政策はエイプリルフールの冗談というならまだ理解ができたが、まぎれもない現実で、その証拠が赤くなった数字なのだった。

洗濯機、シンク、小さな冷蔵庫、そしてその奥の浴室に続く扉。

ベビーカーをねじ込むようにして扉をなんとか開けると、目にいっぺんに飛び込んできて、それだけで少しホッとした。ここで生活していけるという証。

狭い上がり口はほとんどベビーカーと同じ大きさしかなく、乃蒼《のあ》をベビーカーに座らせたまま、靴《くつ》を隙間《すきま》に脱ぎ捨てるようにして先に上がり、そこでようやくベルトを外し、もこもこに着膨《きぶく》れている乃蒼を抱き上げた。

柔らかいおかっぱの髪が頰《ほお》に触れる。

抱き上げると、乃蒼はいつも両手を広げ、笑っていようがぐずっていようがこっちの目を一心に見て、胸とお腹にくっついてくる。まるで一度一度が決死の救出劇でもあるように。

洗濯機、シンク、小さな冷蔵庫、奥の浴室がぎゅっと一所に配置された入り口の右手には、くっつけられたシングルベッド二つと小さなソファーとテーブルが置かれても、まだ乃蒼がぱたぱたと走り回れる広さのメインの部屋があり、ネットで見たのとは間取りと家具が多少違ってはいたが、必要充分だった。

ベッドの脇には、先に送っていた紺色《こんいろ》のスーツケースがすでに横たえられていて、安堵した。

スーツケースにはこれまでに旅をしたいくつもの国の、いくつもの場所にまつわるステッカーがべたべたと貼られ、部分的に破れたり、汚れたりしていた。どれも結婚前に行った場所だ。

手はじめに、乃蒼の手の届く場所にある部屋の備品をすべて高いところに上げていくことにした。

乃蒼が動き回ることのできる広さと、次々に汚れていく乃蒼の服をすぐに洗うことができる洗濯機、まだ食べることのできるものが限られる乃蒼のために簡単な調理ができる台所を決め手として選んだこのアパートメントホテルは、普段は、徒歩圏内にある2.5次元ミュージカルの劇場を目当てに連泊する女性客をメインの客層に考えているらしく、予約サイトでも、劇場が近い、という点が強調されていた。

部屋の広さのわりには収納がほぼなく、奥に入ってすぐの壁に据えつけられた、洋服をかけられるポールのついた棚板一枚が、便宜上、唯一の棚と呼べるものだった。

ガラスのテーブルの上に置かれた、壁掛けの液晶テレビのリモコンや、注意事項をまとめたファイル、除菌スプレーなどを、ぐいと腕を伸ばして棚の上にのせ、手探りすると、ボトルのようなものが手に触れた。これも除菌スプレーだった。チェックインの時、ノヴェルティだと言って、フロントの中国系の男性は小さなボトルに入った除菌スプレーをくれた。持ってきたトートバッグの中にも除菌スプレーが入っている。除菌スプレーだらけだ。

乃蒼が忙《せわ》しなくべたべたとテーブルやベッドやスーツケースを点検するように触っている間に、早足で入り口側の部屋に行き、キッチンスペースのシンクの下から包丁を取り出すと、上の棚に移動させる。ご丁寧にパン切り包丁まである。

予約した時に把握していた通りに、上の棚には皿や鍋が無造作に重ねられており、引き出しにはカトラリー。時々振り返り、乃蒼の様子を目の端《はし》にとらえながら一つ一つ確認するごとに、全身の緊張がほどけていくような気がした。

これだけは普通のホテルにあるのと同じ、小さなサイズの冷蔵庫は乃蒼にことあるごとに開けられることがすでに運命づけられていたが、気をつけるしかない。

奥の部屋に戻った。

乃蒼は隅にある細長いかたちの簡易照明の電源のコードをつかみ、引っこ抜こうとしているところだった。プラグは半分ほど抜け、斜めになっている。慌てて乃蒼の手をコードから離させると、プラグをしっかりと抜いた。

抱き上げた乃蒼をベッドの上に着地させ、はやくスーツケースを開けなければと思いながらも隣に倒れ込んだ。マットレスが乃蒼と私を受け止めた。


乃蒼は二十一時には寝た。

夕ごはんは、ホテルにチェックインする前にコンビニで買ったサトウのごはんを小さな冷蔵庫の上にのっている電子レンジで温め、納豆を混ぜて食べさせた。新幹線でのおやつの残りのバナナも食べた。

お風呂は、知らないお風呂だったからか、ずっと泣いていた。

明かりを落とした部屋で、絵本やぬいぐるみがすでに散乱しているベッドの上で、哺乳瓶を小さな両の手でしっかりとつかんでミルクを飲み、家から持ってきたお気に入りの枕を抱きしめるようにして乃蒼が眠りに落ちてから、私は部屋の隅の簡易照明のプラグを再びコンセントにさし、明るさを足した。

大きめのシングルベッド二つ分の空間は充分な広さだったけれど、寝ている間に乃蒼はぐるぐる動くので、分厚い掛け布団を一枚ソファーとベッドの間に敷き詰め、ベッドから落ちた時の対策をした。

案の定、一時間も経たないうちに何回かの寝返りでベッドの端に到達した乃蒼は、脚《あし》からベッドの下にずるずるとスローモーションで落ちていきかけたが、本能的にシーツをつかんだおかげで、頭だけはまだベッドの上にある状態で私に救出された。当人はずっと寝ていた。

乃蒼を抱きかかえてベッドの真ん中に戻し、これも持参したフリースのブランケットをかけ直し、整えた。

乃蒼の横でホテルのぱりっとした枕にもたれるようにして深く座り、心置きなくスマートフォンの液晶画面に見入った。私がスマートフォンを取り出すと、電車の動画を見せてもらえると興奮した乃蒼が私の体にのしかかってきて、見せてもらえないとわかるとアッ、アッ、と抗議の声を上げ、最終的にぐずるので、乃蒼が寝ている間しか安心してスマートフォンを見ていられない。

新しいＬＩＮＥは子ども服のブランドの宣伝アカウントからのみ。

夜にチェックインしたらしい若い男たちの騒ぐ声が隣から聞こえる。

三、四人はいそうだ。声しか聞こえないのに若い男だとわかるのも考えてみれば不思議だが、何がそんなに訝《いぶか》しくなるほど楽しそうに騒いでいて、声が軽くて、やはり若い男たちだった。

目を覚まさなければいいがと乃蒼をちらっと見るが、まったく意に介さないように、ぐっすりと眠っている。子どもが眠る姿は、あまりにも眠ることに真摯《しんし》で、まっすぐで、ほかに何もなくて、目を奪われる。夜中に乃蒼が泣き出す可能性を考えると、隣がうるさいぐらいのほうが、気が楽な気もした。そっちもうるさかったのだから、こっちのうるささも受け入れてほしい。

私が眠った後、万が一乃蒼が起き出して、勝手に入り口側の部屋に行かないように、寝る前にトイレに行ってから、私はスーツケースを引き戸にかませ、つっかえ棒のようにして、開けられないようにした。

知らない街でベビーカーを押していると、日常と非日常の隙間に落ち込んだような気がする。

乃蒼はどう思っているだろうか。

横から覗《のぞ》き込むと、前を向いている乃蒼の頬が際立っていた。

一歳半の乃蒼はまだ話せない。音で話し、指をさし、世界に小さな跡をつける。

散歩がてら朝から、卵アレルギーの乃蒼が食べられる、卵の入っていないパンを探した。

パン
大通りに出てから、そうグーグルマップに打ち込むと、即座にオレンジ色のマークがいくつも画面に現れる。

今いる場所から近いところにあるパン屋をいくつか回り、卵の入っていないパンをいくつか確保する。

多くのパン屋が、店に並んだパンの前にそれぞれ置かれたプレートの、パンの名前の下に小さく原材料名を書き添えていることに、乃蒼が少し大きくなってパンを食べられるようになるまで、私は気づいてもいなかった。それまでの私にはいらない情報だったのだ。時々、自分が気づかなかったことの多さにハッとするが、じゃあどうだったらよかったのか考えると、それもよくわからない。

　巨大な赤い鳥居のある神社の近くにある公園で、ベビーカーに座らせたまま、小さくちぎったパンを乃蒼に食べさせ、持ってきた小さなパックのりんごジュースを飲ませた。バナナも。おいしいらしく、リスのように頰をふくらませ、次々と口の中に入れたがるのを制し、かわりに私がパンの一欠片《ひとかけら》を口に含むと、口の中にふわっとした味と感触が広がる。確かにおいしいパンだった。

乃蒼がりんごジュースのパックをこっちに押しつけてくるので、受け取ると、口の力をまだコントロールできないせいで、ストローはすでにぺしゃんこ。半分くらい中身が残っている。ストローを深く刺し直し、角度を調節して渡すと、真剣な表情でまた飲みはじめた。

ベビーカーから降ろしてやると、乃蒼は迷わず駆け出した。

ぐらぐらと前後に揺れるくじらに乗り、ライオンに乗り、滑り台を何周かし、ブランコをなで回し、落ち葉の感触を確かめながら踏みしめ、地面の上に蛸《たこ》の足のようにうねうねと盛り上がった木の根の上を歩き、ベンチの上を歩いてようやく、乃蒼は私に抱っこさせてくれた。

自動販売機の近くに置いていたベビーカーに戻ろうとすると、いつの間にか、砂場にカーキ色のジャンパーを着た、乃蒼より少し大きく見える子どもと、母親らしき女性がしゃがみ込んでいる。

ずり落ちそうになっている乃蒼を抱えながら近づいていく私に気づくと、彼女はじっとこっちを見ている。公園には彼女と私しかいなかった。

私はその目をよく知っていた。話せる人を、言葉を交わせる人を、探している目だ。いつもの公園で、私も何度もその目をしていた。話したいことなら私もあった。

でも、彼女も私もマスクをしていて、まだマスクができない子どもと一緒で、私は知らない街にいて、ベビーカーに向かって歩いていた。

砂場の横を通り過ぎた。

ベビーカーに乃蒼を乗せると、いい具合に疲れたのか、日によってはまだ遊びたいと抵抗することもあるのに、今はベルトをさせてくれた。

疲れたので、一度部屋に戻った。

もう昼過ぎだ。

子どもといると、時間がどこかに消える。

乃蒼の靴を脱がし、帽子《ぼうし》を脱がし、ジャンパーを脱がし、フリースのベストを脱がし、靴下を脱ぎたがったので、靴下を脱がした。背が届かないので、抱き上げて、洗面所で手を洗わせる。

床に下ろしてから手を拭《ふ》いてやり、よしっと言うと、乃蒼は公園と同じように、部屋の奥へ駆け出す。

その後ろ姿を見ながら、私もようやく自分のダウンを脱ぐ。

二人分のナイロン素材のジャンパーをハンガーにかけると、あまりに大きさが違うことに、改めて驚く。私は驚いてばかりだ。

おむつを替え、着替えさせ、納豆ごはんとレトルトの味噌汁を食べさせると、ベッドの上でしばらくぐじゃぐじゃと遊んだ後、乃蒼は寝た。昼寝。

照明を暗くし、入り口側の部屋に行くと、食器を洗い、洗濯機を回す。一日に何度も着替えるので、洗濯物はすぐに溜まる。家から離れ、洗濯機があることが、こんなにも勇気が湧《わ》くことだとは思わなかった。

奥に戻ると、お腹がすいていることに気づき、朝買った自分用のパンをソファーで食べる。明太ポテトパンと焼きそばパン。

ガラステーブルの端に置いていたスマートフォンが何度も光る。

明太ポテトパンにかぶりつきながらちらっと見ると、ラインの未読の表示が32になっていた。次の瞬間、33になり、34になり、35になった。

36を見る前に、指をなめながら、もう片方の手でスマートフォンを裏返した。スマホケースのお団子頭のミイが私をじっと見ていた。

数時間後、数時間前を逆回転させたように、乃蒼に靴下をはかせ、フリースのベストを着せ、ジャンパーを着せ、帽子をかぶせた。

靴下をはかせられた瞬間からまた外に出られることがわかった乃蒼は協力的で、フリースのベストとジャンパーにぐいぐいと腕を通した。

上がり口で幅を利かせているベビーカーに乃蒼を乗せ、ベルトをする。

下りる場所がないので、身を乗り出すようにして扉を開けると、ベビーカーを押し出して隙間をつくる。扉を片手で押さえながら、靴を履き、もたもたと廊下に出る。

壁の向こうからは物音一つしない。

結局、彼らは昨夜、三時くらいまで騒いでいた。修学旅行じゃないんだからと呆れながらも、若い頃の旅先での謎の高揚感は昔の自分にも覚えがあり、しかしいくらなんでもうるさいので、今日はチェックアウトしていてほしかった。

ホテルは商店街から横に入った住宅街の中にあった。増加する観光客に充分な部屋を確保するために空き家になっていた町屋が外観を残したままホテルに次々と姿を変え、これもすでにチェーン化したそれらのホテルの一つだった。ウイルスの流行により、街から観光客が消え、ホテルは安くなった。

散歩の最中に見つけていた、大通りに面したスーパーに入った。

大通りにあるというのに、暗いスーパーだった。照明のせいではなく（照明はむしろ明るすぎるほどだった）、空気が淀《よど》み、誰もが暗い顔をしていた。店員も客も。そしてそれが品揃えに影響していた。いや、品揃えのせいで、暗い表情になっているのか。それとも、スーパーで買い物をするだけで身の危険を感じなければならないせいか。

お弁当もお惣菜《そうざい》も野菜もスナック菓子も、何もかもにその雰囲気がこびりつき、こんなに買いたいと思うものがないスーパーもめずらしかったが、ベビーカーを押しながら、乃蒼が食べられるものをカゴに集めていった。

好物の焼き鮭《ざけ》と、乃蒼はあまり肉が好きじゃないので肉は残すはずだが、じゃがいもとにんじんが食べられる肉じゃがを陰気な惣菜コーナーからかっさらい、店内を回った。

納豆、豆腐、サトウのごはん、フリーズドライの味噌汁、バナナ、ヨーグルト、水。

部屋で簡単な料理はできるが、乃蒼から目を離すことになるので、火を使わないで済むなら、そのほうがよかった。

できるだけ早く店から出るため、目に入ったものを瞬時に判断しカゴに放り込んでいると、使える部品を集めているような気分になる。子どもの頃テレビで放映していた映画のような、終末世界でマスクをし、荒廃した街からまだ役に立つものを見つけ出す、生き残った人々みたいだ。

最後に、私のカップラーメンをいくつか、カゴに集めた部品の上にのせた。

会計を済ませ、店の外に出てから、買い物袋をベビーカーの下に押し込んだ。

乃蒼は買ってやった、アンパンマンのイラストがついた小さなおせんべいが四袋連なっているものをぎゅっとつかんでいる。

アンパンマンのアニメをまだ見たことがない乃蒼にとって、このキャラクターはどんな風に見えているのだろうと時々思う。見る前から、子どもの世界には、アンパンマンが溢れている。

このまますぐ帰ると乃蒼が承知しないだろうから、すでに暗くなってきたけれど、大通りから小道に入り、しばらくぶらぶらと歩いていく。

小川の流れる通りに突き当たり、その穏やかな水の流れに沿って進んでみる。柳《やなぎ》の木に石の橋。街角のお地蔵さんの多さ。

歩いているうちに大きなお寺の門が見えてきた。門の向かいはちょうど、細くて長い商店街の大通り側とは逆の入り口だったので、そろそろ帰ろうと、商店街に入る。

店のシャッターはほとんど下りていた。

ラーメン屋が開いていたが、客は一人しかいない。壁に向かって座った若い女が背中を丸め、箸《はし》を動かしている。

商店街の中にも、普通の住居のようでホテルになっている場所がいくつかあった。赤い提灯《ちょうちん》が吊るされている。

惣菜屋の奥に並んで座った老夫婦が乃蒼を見て手を振ってくれた。見ると、乃蒼が二人に向かって手を振っていて、おそらく先に手を振ったのは、乃蒼だろう。乃蒼は最近、気が向くと誰にでも手を振る。眉間《みけん》に力を入れた真剣な表情で、世界中に手を振っている。

ホテルに着き、再びもたもたしながら、部屋に入った。

乃蒼の靴を脱がし、帽子を脱がし、ジャンパーを脱がし、フリースのベストを脱がし、靴下を脱ぎたがったので、靴下を脱がした。乃蒼と私は、一日に何回も同じことをしている。そして手を洗う。

乃蒼にごはんを食べさせ、お風呂に入れ、ミルクを飲ませ、ベッドの上で絵本を読んだ。ペンギンの親子が一緒にするのが好きなことをいくつも挙げていく絵本だ。

読み終わると、もう一度と催促され、全部で五回読んだ。まだだめ、と、もういい、が唐突に来る。

電車の絵本も読んだ。電車の写真が並んでいる簡単な図鑑みたいなボードブックは、乃蒼のお気に入りだ。ページに書かれている通りに、６０００系、２１００系などと読み上げていく。もうこれまでに百回以上は読んでいるはずなのに、どうしても覚えることができない。電車に名前があるなんて考えたこともなかった。

知らない場所にいることがやはり影響しているのか、乃蒼は今日も二十一時には寝た。普段なら、日によっては、二十三時や日をまたいでしまう時もあるのに。

ソファーにあぐらをかき、カップラーメンを食べた。

乃蒼は家から持ってきたぬいぐるみや絵本に囲まれて眠っている。

シーツの上に敷いた、家から持ってきた柔らかい緑色のブランケットはもみの木らしき木の柄《がら》で、偶然ホテルの部屋の壁紙も林の柄だったので、なんだか調和していた。白い壁に薄い灰色で描かれた木々は、細くて、枝にも葉っぱが一つもなくて、寒々しそうだった。

林の上には、ホテルの部屋によくあるような額入りの絵のかわりに、大きな紫色の花が描かれた、軽い銅製の丸いプレートが二つ飾られていて、昨日は乃蒼が手を伸ばして何度か触ろうとしたので、落ちてきたら危険だと思い、取れるだろうかと裏側を確認してみたが、さすがにこれを取り外すのは気が引け、そのままだ。

　そこにあることに慣れたのか、乃蒼は、今日は一度も触ろうとしなかった。乃蒼が生まれてから、私はあらゆる物事が危険かどうかばかり考えている。乃蒼を基点にすると、恐ろしいことに、実際、あらゆる物事が危険なのだ。そして、実は、自分にとってもそうなのだと気づかされてしまう。乃蒼といると、人間の弱さを忘れることができない。

　隣が騒がしくなる。

　残念ながら、今夜も昨日と同じ宿泊客なのは聞こえてくる音の質から明らかだった。

　ほら、またうまくいかない。

　そう誰かに言われているようで、うまくいかないほうにまた一点足されたようで、その積み重ねで本当にうまくいかなくなるような気がして、部屋の隅っこで、ざらっとした素材のソファーの上で、麺《めん》をすすりながら、じんわりと暗い気持ちでいた。辛い味にすればよかった。刺激がほしかった。

　ガラステーブルの上で、ＬＩＮＥの未読数は相変わらず膨れ上がり続けていた。同様に着信も止まらなかったが、とっくにミュートにしていた。

　これには驚かなかった。そうするだろうと思っていた通りだった。

乃蒼が触らないように、キッチンスペースの、シンクの下の棚の中に隠しておいた四十五リットルのゴミ袋に、空になったカップラーメンの容器を捨て、戻った。

ベッドに横になる。

こうしていると、森の中の、このベッドの上だけが二人の居場所のように思えてくる。乃蒼のほうに体を向け、何かやらないといけないことがあったはずだと思いながらも、体が求めるままに目を閉じた。

笑い声で目が覚めた。

壁にがんがんと、おそらくベッドのヘッドボードが当たる音もする。はしゃいでベッドの上でぼんぼんと跳《は》ねている子がいるようだ。さすがに十代ではないだろうから、子、と呼ぶのはおかしい気もしたが、物音から想像すると、脳裏に浮かぶのは幼さを残した高校生の男の子たちだった。正解は、大学生くらいだろう。クシャミ一つでさえ元気で、うるさい。

突如として、学生の頃下宿していた奥に細長い、二階建てのアパートを思い出した。三月の終わり、新学期を迎える数日前、引っ越しの片づけも済み、何をしていたかは覚えていないが私が部屋で一人過ごしていると、隣の部屋で宴会がはじまった。私と同じように引っ越してきた男子学生が友人たちを呼んだらしかった。

宴会は遅くまで続き、この調子の集まりを頻繁《ひんぱん》に開かれると困るなと私が感じはじめた

頃、廊下をスリッパのような履《は》き物《もの》で、シャッ、シャッと歩く音が近づいてきた後、
「○○さん、うるさいからそろそろやめような。ほかの部屋の人たちに迷惑だから」
と大きな声がした。

一階の一番奥の部屋に住んでいる大家の女の人の声だった。当時五十代くらいの、サザエさんかな、と思うようなパーマをかけ、エプロンをしている人だった。そして、確かにいつもスリッパみたいなつっかけを履いていた。

それだけ言うと、彼女はまたスリッパの音を響かせ、遠ざかっていった。

隣の部屋は静かになり、それから私がそのアパートに住んでいた二年間、静かなままだった。

またあのスリッパの音が聞こえてこないだろうかと、一瞬耳を澄《す》ましたが、もちろん聞こえてくるわけがなかった。

あのサザエさんみたいな女の人はもう自分の人生にいないんだ。

そう気づいて、悲しくなった。

一度家賃を払いに行ったら、ヨックモックのお菓子をくれたのを覚えている。ヨーグルトの味がする、びっくりするくらいおいしいお菓子で、一人でぺろっと一箱食べてしまった。

起き上がり、ガラステーブルに向かうとスマートフォンをつかむ。

2:33

その数字を見たら、怒りが込み上げ、気づけば、壁にずかずかと歩み寄り、力まかせに叩いていた。後ろめたい気持ちがあったせいか、手のひらではなく、手の甲で。

瞬間、激痛が走った。

これだけ音を通すのなら薄いのかと思いきや、思いのほか壁は硬かった。痛くて、楽しんでいるだけの若い人たちに苛立っている自分が情けなくて、ますます怒りが込み上げた。

そんな私の状況など知るよしもなく、壁の向こうでは尚も笑い声やドンドンという騒々しい音が続いている。

乃蒼が起きたらどうするんだ。

そう思いながら、それが言い訳だとわかっていた。

乃蒼は関係なく、私が壁の向こうに怒りをぶつけたかった。

手のひらで壁を叩いた。

一回、二回。手のひらだと、そんなに痛くなかった。三回。音が止んだ。その後はもう、静かだった。ベッドに戻った。情けない気持ちのまま。

洗濯物が乾くたび、これでまた数日間、無事に日々を続けていけると心強い気持ちになる。

新たに洗ったものを浴室に干し、出かけた。予約する時見落としていたが、この部屋には浴室乾燥機がついていた。

グーグルマップで目的地を検索する。グーグルマップは便利というより、味方、という感覚のほうが近い。見知らぬ土地で、知り合いが誰もいなくても、どこにでも行ける。

ベビーカーを押しながら、

葉っぱが赤いね、黄色いね。

そう乃蒼に声をかけるが、後頭部しか見えないので、どんな顔をしているかはわからない。たぶんいつもの真剣な表情だろう。

大きな神社に近づくと、レンタル着物を着た女の子たちとたくさんすれ違う。マスクをしてでも着物を着たいのかと面白く思う。

若い男女のカップルが着物を着て、手をつないでいる。そんな二人がちらほら見える。自分がこの年齢の頃に、彼女とのデートで、おそろいで着物を着る男の子がどれだけいただろう。まだ十年くらいしか経っていないのに、なんだか全然違う気がした。ウイルスが流行していても、人は着物を着るし、恋をする。同じ時に同じ街にいるのに、そういうすべてが自分からは遠かった。大きな公園を抜け、着物を着た女たちがスマートフォンで写真を撮るために一斉にマスクを外すのを横目で見ながら、横道に入った。

少し行くと、いかにも高級な低層のゲストハウスが目の前に現れ、タクシーが出てきたので、一瞬身構える。

見上げると、こちらに面した客室の大きな窓越しに、金髪の男女の姿が見える。大きな液晶テレビには、スピーチをする女の人の姿が映っている。あれが昨日スマートフォンで就任式のニュースをちらっと読んだ、アメリカ初の女性副大統領なのだろう。二人はリラックスした様子で、テレビを見ていた。

石畳《いしだたみ》の小路《こみち》は想像以上に、ベビーカーを押すのに難儀した。乃蒼の体が絶えず揺れ、さすがに心配になる。これでは車イスも大変だろう。

小さな通りは、お寺の向かいに土産物屋や雑貨店が連なっていて、目当ての店もその並びにあった。

これくらいなら一人でいけそうだなと判断し、おりゃあとベビーカーを抱えて数段ほどの石段を上がろうとすると、ちょうど出てきた二十代くらいの男女が、驚いた表情を顔に浮かべた後、手伝ってくれた。

抹茶のお菓子で有名なこの店はいくつか支店があったが、ここがホテルから一番近い店だった。せっかくだから散歩のついでに寄ってみようと思ったのは、結婚前、職場の同僚と一泊二日でこの街を訪れた際に食べたパフェの味を思い出したからだ。私が旅行をするのは、あれ以来のことだ。今回は、同僚じゃなくて、乃蒼と一緒。

わらび餅《もち》が好きな乃蒼にはわらび餅と白玉のセット、自分にはほうじ茶パフェを選んだ。

外の席しか空いていなかったので、ベビーカーのままでもいいかと思ったが、乃蒼がベルトを外せ外せと催促してきたので、外してやり、私の隣に座らせた。

早速テーブルの上にのっているものを一つ一つ触って、確認をしはじめたので、絵本を読むように一緒にテーブルの上のメニューを読み、今からこれを食べるんだよ、おいしいの食べるんだよと、メニューの写真を指さしながら、間を持たせるために考えつく限りのコメントをする。これもおいしそうだね、おいしいのいっぱい入ってるね、これはまだ食べられないね、大きくなったら食べようねー。

乃蒼は気に入ったのか、最後のページまで来ると、もう一回読めと最初のページを再び開いたので、メニューを二周した。

わらび餅と白玉のセットが先に運ばれてきた。

乃蒼の口のサイズに小さく切り分けていく。はやく食べたい乃蒼から抗議の声が上がり、わらび餅をつかもうと手が出てきたので、持参した子ども用のスプーンをすかさず握らせ、切った分から食べさせる。

ほうじ茶パフェもやってきたので、乃蒼から手の届かないテーブルの反対側に置くと、乃蒼の動向に目を光らせながら、身を乗り出すようにして食べる。

案の定、私がパフェを三分の一食べたあたりで、乃蒼は半分以上わらび餅と白玉が残った皿を押しやり、アッ、アッ、とじたばた動きはじめた。

すかさず、トートバッグから電車のボードブックを取り出し、私の膝《ひざ》に乃蒼を座らせると、片手でボードブックを支え、ところどころ書かれている電車の名前を読み上げてやりながら、パフェを食べ続ける。手が四本、口が二つあればいいのに。

乃蒼がぐずり出す前になんとか食べ終わることができたが、急いだせいで、味わうどころではなかった。でも、最初の一口のおいしさにハッとした感覚は残っている。とりあえず、それでいいことにした。

乃蒼を抱きかかえて会計をしにいくと、レジの後ろに貼り紙があるのが目に入った。この、政府の外食しなさい政策の青い貼り紙を至るところで目にするが、実際に使っている人をまだ見たことがない。どうやって利用するのかもよくわからなかった。

会計を済ませ、店を出たところの砂利《じゃり》が敷き詰められた、神社の境内《けいだい》のような空間で乃蒼をベビーカーに乗せようとしたが、お腹が出るほど身をよじり、イヤイヤをされ、仕方がないので下ろした。とたんに機嫌が良くなり、うひゃひゃひゃひゃとしか形容のできない声を上げながら、駆け回る。

しばらくして、もう一度抱き上げてみると、満足したらしく、おとなしくベビーカーに乗ってくれた。

まだ明るかったので、行きとは違う道に入った。

民家の並ぶ静かな通りに入ると、窓が開いている古い家が目についた。

通り過ぎざま、反射的に観光客気分で覗き込むと、木の面格子越しに、炬燵《こたつ》を囲んでテレビを見ている家族の背中が見えた。画面にはまた、あのアメリカの女の人が映っていた。

帽子を落としたことに気づいたのは、部屋にたどり着いてからだった。

まず私が靴を脱いで上がった後、半分ほどまだ廊下に出ているベビーカーを引っ張って中に完全に入れ、扉を閉め、鍵をかける。そして、ベルトを外して乃蒼を抱き上げようとした瞬間、どえっ、とよくわからない音が自分の口から出た。

帽子をかぶっていない乃蒼がいつもの真剣な表情でこっちを見ていた。

ベビーカーの下のかごを覗き込むが、今日は買い物をしなかったので、ズタズタの紅葉が一枚と、どこかのタイミングで飲ませたりんごジュースの空きパックが転がっているだけだった。念のため自分のダウンジャンパーのポケットにも手を突っ込むが、あるはずがない。

乃蒼、ごめん。

そう早口で言うと、鍵を開け、ドアを開け、ベビーカーを半分ほど廊下に出し、靴を履き、廊下に出た。

廊下に落ちていないだろうかと期待したが、落ちていなかった。

ホテルの外に出て、路地の左右を見回したが、落ちていなかった。

ベビーカーを押してついさっき歩いてきた道を逆にたどっていく。

あのはっきりとした黄色は落ちていたら、風景に溶け込まずにすぐに居場所を知らせてくれるはずなのに、どこにも見当たらなかった。

乃蒼の黄色い帽子は無印良品で買った。五百円だった。

ある日、なんとなく店に入ったら、子ども服のコーナーでセール品がたった一つだけ売れ残っていた。つばの広い、芥子《からし》色に近い黄色い帽子で、素材はナイロンだけど、くまのパディントンがかぶっている帽子みたいだった。

乃蒼が気に入る帽子を見つけるのは難しかった。

これまでにいくつも帽子を買っていた。ネットで見つけたくじら柄の水色の帽子も、子ども服売り場で手に入れたオレンジ色のチェックの帽子も、これまたネットで注文したリバティみたいな花柄の帽子も、乃蒼は気に入らず、かぶってくれなかった。かぶってもすぐに脱いでしまう。どれも同じようなかたちで、同じような素材なのに、何が駄目なのか皆目《かいもく》見当がつかなかった。

だから、黄色い帽子にも期待していなかった。五百円ならかぶってくれなくてもいいか、ぐらいに思い、買った。

でも、その黄色い帽子を乃蒼はなぜか妙に気に入り、外に出る時はすすんでかぶるようになった。

帽子をかぶれば外に出られる、と間違って覚えてしまい、ある日、おむつだけつけた状態で帽子をかぶり、ご満悦の表情で玄関のドアを開けようとしていたこともある。あまりにもかわいくて、スマートフォンで写真を撮りまくり、後で見たら三十枚以上同じような写真がずらっとアルバムに並んでいたが、見たら見たで、微妙にどれも違う表情に見え、結局一枚も消せなかった。

帽子は見つからなかった。石畳の通りにまで戻ってみたのに。

乃蒼はもう一度散歩に行けたのがうれしかったらしく、ご機嫌だったが、ベッドの上に乃蒼を着地させ、床に座りこんだ私は、ここ数年あった出来事の中で、帽子をなくしたことが一番ショックなくらい、ショックを受けていた。

また乃蒼がかぶってくれる帽子を探さなくてはいけないのが面倒なんじゃなくて、そんなことではなくて、あの帽子はもう乃蒼の一部になっていたのだ。無印の帽子でも、五百円の帽子でもなくなって、乃蒼のお気に入りの帽子だった。それは特別なことだった。

そう考えると、身を切られるようにしんどかった。

帽子なんてこの世界にいくらでもあるはずなのに、そうではないのだ。自分でも驚くくらい、私はダメージを受けていた。あの帽子をかぶった乃蒼をもう見ることができないなんて。

いつものルーティーンを終え、乃蒼が眠りについた後、未練がましくオークションサイトを巡回してみたが、季節外れのセール品だったあの帽子は、もう手に入れられるものではなくなっていた。手癖で写真フォルダーを開くと、黄色い帽子をかぶった乃蒼の写真がすぐに目に入り、ますます胸が締めつけられた。

　私のスマートフォンの中で増殖し続けるＬＩＮＥと着信の数が、ダメージを受けた私の心を侵食しはじめた。一度も開いてはいないが、トーク一覧からふと見えた短いメッセージは、私への懇願と非難から、罵倒《ばとう》の言葉に変化していた。目新しくもない、何度も私に言った言葉だ。

　隣はチェックアウトしたらしく、今日は誰もいなかった。

目が覚めると、満面に笑みを浮かべた乃蒼の顔が、私の顔から五ミリほどの距離に迫っていた。かわいいが、こわい。

気力が湧かず、散歩に出かけるのをやめて、部屋の中で午前中を過ごした。朝はバナナヨーグルトとパン。私もパン。

外に行きたい乃蒼は、ジャンパーを指さして、アッ、アッ、と訴えていたが、困った時に出そうと隠していた、サランラップやストローなど、こまごましたものを手に入れた百円ショップで一緒に買った、プラスチックのおままごとセットを出してやると、目をまん丸にして受け取った。少し力を入れるとすぐにへこんでしまいそうな果物や野菜は真ん中で二つに切れるようにマジックテープがついていて、おもちゃの包丁とまないたもあった。

ベッドの上で乃蒼が集中している間に、レンジでサトウのごはんを温め、お湯を沸《わ》かしてフリーズドライの味噌汁を溶かし、納豆と焼き鮭をガラステーブルに運ぶ。

部屋に入ったところで、乃蒼が立ち上がってベッドのヘッドボードに寄りかかり、壁との隙間にプラスチックのりんごの半分を落としたのが見えた。

少し目を離しただけでこれだ。驚きはしなかった。むしろ、やると思った。子どもの余計なことを思いつく力には果てしがない。

乃蒼は満足そうな表情でベッドの真ん中あたりに戻ってくると、今度はぶどうをつかんだ。同じ動作を繰り返すことはわかっていたが、手になみなみと注いだ味噌汁があったので、止められなかった。ぶどうも壁の隙間に消えた。

こうなるともう何個でも同じことだ。納豆を混ぜながら静観していると、その後、いちごとみかんも奈落に落ちていった。最終的には、まないたも消えた。

何かはわからないが、何かをやり切ったらしくおもちゃの包丁を握りしめて満足そうな顔をしている乃蒼に昼ごはんを食べさせた。乃蒼はよく食べる。

午後、ベッドの上で絵本を読み、電車の動画を見せた。

電車がいっぺんに何車両も行き交うのを見てフゥーッ、フゥーッと興奮する乃蒼に合わせて、こっちもフゥーッ、フゥーッと真似をすると、乃蒼もまたその真似をして、フゥーッ、フゥーッと繰り返し、最高に盛り上がっている二人みたいになる。いつもこの、フゥーッ、フゥーッの輪唱をするたびに、少し明るい気持ちになる。

乃蒼は電車の動画を見ているうちにまぶたが下がりはじめ、そのままいい具合に寝た。乃蒼の周りに散っているおもちゃを片づけてから私も寝た。

起きたら夕方だった。乃蒼はいつの間にか私の脇の下あたりにくっついて寝ていた。

起こさないようにそっと離れ、起き上がる。乃蒼は私の二十分後にぱっと目を開け、にっこり笑みを浮かべた。目覚めのいい時と悪い時の差の大きさ。

ソファに座らせ、水分補給にりんごジュースを飲ませる。

その隙に、面倒でたまらず、本当はこのまま置き去りにしていきたかったが、ベッドを動かし、果物のおもちゃを回収することにした。

やってみると、家のすのこ式のベッドとは違い、ここの木製のベッドは頑丈で重く、端をひっぱりながら、勘弁してくれよとくじけそうになった。

絨毯《じゅうたん》のせいで足が滑り、力を入れにくい。首の筋がおかしい。乃蒼は不思議そうにこっちを見ている。あんたのせいだよ。

のけぞるように必死にひっぱり続けていると、なんとか大人一人が入れるくらいの隙間ができた。ホッとした拍子に、ぺたんと座り込んでしまう。

いつの間にかソファから後ろ向きにしがみつくように降りた乃蒼は、私がつくり出したばかりのベッドの隙間に入っていく。

止めようとしたが、足に力が入らない。

出てきた時、乃蒼は帽子をかぶっていた。


変な帽子だった。

かたちはそこまで悪くない。黄色い帽子と似たようなものだ。

でも、柄。

柄は、自分では決して選ばないような、見たこともない、犬みたいな漫画のキャラクターのイラストがスケボーをしたり、コーンのアイスクリームを食べたりしている。自分が子どもの頃なら、こういうテイストのものはあったかもしれない。星やハートマークとともに、いたるところに配置されているローマ字もダサい。色もダサい。ダサい。小学校でつくった巾着《きんちゃく》袋《ぶくろ》の布みたいだ。誰かの手づくりだろうか。なんなんだこの帽子。

その帽子を、乃蒼は明らかに気に入っていた。自分が見つけたものに大喜びしていて、うれしそうにソファとベッドの間をぺたぺたこちらに歩いてきた。まるでランウェイみたいに、自信満々で。

近くで見ると、帽子には埃《ほこり》がところどころこびりついていて、全体的に変色していて、ぎゃっと、私は叫び声を上げ、乃蒼の頭からその帽子を急いでつまみ上げた。

乃蒼の顔はみるみるうちに曇《くも》り、帽子に小さな二つの手を伸ばしながら、アッ、アッ、がはじまる。

ダメだよ、汚いから。

私が言うと、乃蒼は泣き出した。

仕方がないので、できるだけ浅く乃蒼の頭にのせてやると、乃蒼はにこにこと笑い出す。泣くことと笑うことは、限りなく近い。

私はため息をつくと、
じゃあ、お洗濯しよ、そしたらかぶっていいよ。

と乃蒼に伝わるように、洗濯機を指さして言う。

乃蒼は得意の真剣な表情で、うんうんうなずいた。


次の朝、乾いた帽子をかぶって、乃蒼と私は外に出た。

公園で遊んでいても、ベンチでおにぎりを食べていても、突如として現れたそのよくわからない帽子が一緒で、なんで乃蒼はこんな帽子をかぶっているんだろうと思うと深刻な気分になるのが難しく、気持ちがへらへらした。

洗濯したおかげで帽子はきれいにはなったが、もともとの黄ばみや変色はそのままで、キャラクターも相変わらず不思議だった。何か情報はないかと内側を確認したが、ネームタグも何もなかった。それは、誰のものでもない帽子だった。

りんごジュースのパックがなくなったので、グーグルマップで検索して、ドラッグストアを探した。

大きな、どの駅前にもあるようなチェーンのドラッグストアを想像していたら、たどり着いたのは、昔からある個人の薬局が広さに余裕があったのでドラッグストアを真似してみたらこうなりました、という塩梅《あんばい》の店だった。店の人たちはなごやかで、品揃えも悪くない。

りんごジュースのパックや乃蒼のお菓子、生理が来そうだったのでナプキン数種を次々にカゴに入れていった。

レジに並んでいると、細い通路を腰の曲がったおばあちゃんが、キャリーカートを押すようにして進んでくる。ベビーカーとキャリーが向かい合う。

おばあちゃんは乃蒼を見て、かわいいねと足を止め、お年寄りがよくやりがちな、いきなり頬に触る、をやろうとしたが、時節を思い出したのか、手を引っ込め、帽子にそっと触れた。変なキャラクターが口に手を当てて、恥ずかしがっているイラストの部分だった。乃蒼はいつもの真剣な表情のままだ。私はそのすべてを見ていて、そのちぐはぐさに、無性に笑い出したくなった。

会計の順番が来て、レジの前の台にカゴを置いた瞬間、ふと乃蒼を見て、

わっ。

と私は大きな声を出した。

なぜさっき気がつかなかったのかわからないが、いつの間にか乃蒼は両手で麦茶のペットボトルをぎゅっとつかんでいた。しかもちゃんと子ども用の。

店のおじさんは、飲みたかったんだよね、と笑ってくれていたが、

これも買います。

と私は慌てて財布からクレジットカードを出した。

私がクレジットカードを持っていることを、夫は知らなかった。

来週からリモートワークになる。

水曜日の夜、帰ってきた夫がそう言った。夫はうれしそうだった。

この家にこの人と閉じ込められる。

考えただけで、喉がぎゅううと締めつけられ、実際に首を絞められているのかと錯覚《さっかく》した。そうされてもおかしくない、と自分が思っているのがわかった。

週末に入ったら終わりだった。

夫になった人はクレジットカードを家族で共有しようと言った。家族になったんだからと。

私は同意し、自分が持っているカードのことを話そうとした。

でも、いつかＳＮＳで偶然目にした、ママアカウントをやっている知らない女の人の言葉をふと思い出した。結婚する時、もしもの時に逃げられるお金を隠しておいたほうがいい、とその人は母親に言われたと書いていた。

目の前を通り過ぎていっただけの言葉だったのに、へー、と思っただけだったはずなのに、私の中にはその言葉が残っていて、私はなぜか、その知らない誰かの言うことを聞いた、これからともに暮らしていく夫のではなく。

カードは持ってない。

私の口はそう言っていた。

辞める前の仕事の給料を夫は尋《たず》ねてこなかったし、確かにそんなに多くはなかったが、言葉の端々からそれよりもさらに少なく見積もっているのが伝わってきた。だから、ばれなかった。しばらくして、妊娠していることがわかった。

経済ＤＶという言葉を知ったのもＳＮＳだった。それは、この結婚生活はおかしいと気づいた、しばらく後のことだった。

次の日は動物園に行った。その翌日は水族館。乃蒼はいつもこの帽子をかぶり、ご機嫌だった。まだよくわからないのか、ガラス一枚隔《へだ》てたところに、ライオンの顔があっても、サメの顔があっても、いつもの真剣な表情をして、顔色一つ変えなかった。乃蒼といると、人間の強さを忘れることができない。

　ほら、絵本のペンギンさんだよ。

ペンギンのプールでペンギンを指さしながらそう言ったが、乃蒼はやっぱり真剣な表情をしていた。

　動物園の園内を走る、汽車の乗り物にもはじめて乗った。そういえば、水族館もはじめてだった。山椒魚《さんしょううお》の、一番小さいサイズのぬいぐるみを買ってやると、乃蒼はぎゅっと抱きしめ、ホテルに帰るまで離さなかった。

　この部屋を出る時も、乃蒼はこの帽子をかぶっているだろう。新しい街でも、この帽子をかぶるだろう。いつかまた、この帽子も何かの拍子に、私たちの前から消えてしまうかもしれない。その時、乃蒼はもう話せるようになっていて、悲しみを言葉にするすべを手に入れているかもしれないけれど、そしたら私は、悲しまなくてもいいんだよって言うんだ。あの帽子は今度はほかの子のところにいって、その子を守ってあげるんだよって。

「物語」

クイズです。
この中にいくつ「物語」が隠れているでしょう？

昔々、あるところに物語がありました。物語は時を超え、民から民へと語り継がれ、歌い継がれ、とても大切にされていました。木や岩といった自然に書き残され、織物に縫《ぬ》い込まれ、紙に書きつけられました。星空に、教会のろうそくの光の中に、民は物語を見つけました。どんな時も、民は物語とともにありました。物語があることで、民は愛を、慈《いつく》しみの心を、希望を捨てず、生きることができたのです。そうです、物語は素晴らしいものでした。

それからだいぶだいぶ後のことです。民が生きる世界は、昔とは比べようもないほど、便利になり、複雑になりました。技術社会の到来です。それと同時に、物語に変化が訪れました。もちろん昔からの物語も途絶えることなく受け継がれてきてはいましたが、世界の変化にともない、物語の新たな形態が誕生したのです。それが「物語」です。

「物語」は、物語界のファストフードでした。手軽で、驚くほど安い値段で（多くの場合、無料でした）、すぐに手に入るのです。新しい技術が、「物語」の拡散をとても容易なものにしました。「物語」は生活の隅々まで紛れ込むことで、民が探す手間を省いてくれました。

すべてが「物語」になりました。今まで意識していなかっただけで、何から何まで「物語」であったことに民は気づき、驚きました。「物語」はいくらでも採取することができ、枯れることのない泉のように、常に湧《わ》き出てきました。単純労働に、退屈な毎日に張り合いが生まれ、民は喜びました。日常のあらゆる瞬間に、民は「物語」を栄養ドリンクのごとく摂取しました。

さらに素晴らしいことに、この「物語」には、参加することができました。民の一人が「物語」だと言えば、誰かがどこかから「物語」を発見してくれれば、すぐにそれは「物語」として認められました。ゴールドラッシュもかくやという勢いを持って、民は「物語」に群《むら》がりました。「物語」は手軽で、とても魅力的でした。民が自らの意見や感想をネットワークに残すと、それは直ちに「物語」へと変容し、不特定多数の民の目を楽しませ、その心を動かすことができたのです。たくさんの民が、いいね、と言ってくれることもありました。「物語」によって、民と民はつながることができたのです。民の日常生活を、秘密を、個人情報を、「物語」に昇華してくれる民もいました。民は「物語」であり、「物語」は民でした。民はただの民ではなく、「物語」だったのです！　そのことを「物語」は教えてくれました。ハレルヤ！

　民は思うままに事実を取捨選択し、「物語」を纏《まと》めることができました。主観や偏見、社会通念が「物語」を支配しました。もちろん、物語にも古来そのような側面は常にあったのですが、「物語」では、この点がさらに一目瞭然になりました。「物語」が登場するまではそこまで目に触れることがなかった、民という民の思想、主義といったものがつまびらかとなり、なんと、こんな人だったとは！　と民は驚き、呆れ、喜びました。しかし、ある民が語った「物語」に不服な民がいれば、その民が新たに「物語」を語り直すことが可能でしたので、「物語」の応酬で日々は祭のように賑《にぎ》やかなことこの上なく、また、その一連の応酬が一つの「物語」として、ネットワーク空間に、民の海馬に刻まれることになりました。民は「物語」を主食として喰らう怪物と化したのです。

　このように、すべてが「物語」に搦《から》めとられるようになりますと、「物語」から逃げたいと、「物語」に登場したくないと、「物語」を恐れる民が現れたのも、そうおかしなことではありませんでした。「物語」に捕まらないよう、民は身を縮こめるようにして生きていたのです。

会社でいつものように業務をこなしながら、風間《かざま》行子《ゆきこ》は逃亡生活を送っていた。今日で通算五日になる。悪くない戦績だ。パソコンの画面に向かって手をカチャカチャ動かす風間行子の頭の中に、テレビでいつか見た日めくりが浮かぶ。炭坑や工場には連続無事故日数を示す看板が掲げられ、○日間無事故、などと大きく書かれている。毎朝、作業員が数字のプレートをめくると、○、の部分の数字が一つずつ増えていく。事故が起こると、○、は、0、に逆戻り。

風間行子は、オフィスの時計に目をやる。もうすぐ十八時だ。今日中にと頼まれた書類を早く仕上げなければならない。風間行子の手が生み出すカチャカチャ音がスピードアップする。視線を感じて顔を上げると、加西《かさい》と目が合った。

きみは、働いている。

オフィスの喧噪《けんそう》のなか、きみは働いている。

上司からまかされている書類がもうすぐ完成するところだ。あと二ページといったところか。

オフィスにかかっている時計が十八時を指した瞬間、書類が未完成であるにもかかわらず、きみは投げ出すようにパソコンの電源をオフにする。どういう原理で取れないのかはわからないがラメがこぼれ落ちんばかりに貼りつけられ、美しく磨かれた爪《つめ》が光る人差し指で。女のきみには、仕事よりもアフターファイブが大切というわけだ。見事な曲線を描いた脚《あし》を窮屈《きゅうくつ》なデスクの下から引き抜き、買ったばかりなのかつやつやと光る革のバッグを手に立ち上がる。なるほどこれが世界に名高い、新作のバッグ、というやつか。半年ごとに新作が発表されるのだから、わたしに言わせれば、新作のバッグなんて馬鹿馬鹿《ばかばか》しい限りだが、もちろんきみは馬鹿馬鹿しいとは思っていない。女にとって、バッグは何より重要な問題だ。

きみは同僚たちに軽く挨拶《あいさつ》しながら、半年後には旧作のバッグになってしまう新作のバッグを片手に（しつこくてすまないが、事実は事実だ）、何千回と往復した廊下を進む。二十七歳。少しとうが立ったきみではあるが、まだまだ二十代はじめの女たちには負けられないと見事な曲線を描いたヒップラインが、タイトスカートにくっきりと縁取《ふちど》られている。きみは颯爽《さっそう》と化粧室に飛び込む。

きみは、鏡に向かって化粧を直す。

かたちのいい唇に赤いルージュを引き、かたちのいい鼻とかたちのいい頬《ほお》に謎の粉をはたく（こういった化粧道具にももちろんのことだが新作がある。まったく忙《せわ》しないことだ。興味など微塵《みじん》もないが）。

一日の疲れが濃縮された目の下のくまを隠したきみの姿が、光り輝く鏡に映っている。

さっきは、少しとうが立った、なんて言ってすまなかった。妙齢のきみは、むしろ女盛りを迎えていると言ってもいい。何なのかはわからないがきらきらした何かが入った、色のついた薄い粉をかたちのいいまぶたの上にのせる。小ぶりだがかたちのいい胸に光る粉がぱらぱらと散り、きみは手でそれを払い落とす。きみの手のひらにふくらんだ胸が柔らかい感触を残す。きみぐらいの大きさのほうが、わたしとしてはむしろ好みである。

　仕上げに桃色の頬紅をはたいたきみは、洗面台に散らばった化粧道具をすべて、花柄《はながら》の小ぶりの袋に仕舞う。きみがジッパーを閉めるジャッという爽快な音が、化粧室に響く。女の服の素材など興味がないし、わたし同様まともな男なら興味を惹《ひ》かれないであろうから語る必要性もないが、滑《なめ》らかなブラウスの袖をひっぱり、ゆるんでいた裾《すそ》をしっかりとタイトスカートの中にたくし込むなど身だしなみを整えると、きみは鏡に向かってかたちのいい胸を張ってみせる。退屈でやりがいもないきみの実力を少しも活かせない事務仕事から解放され、すっかり輝きを取り戻したきみのかたちのいい顔を、かたちのいい鏡で確認し満足げに眺めると、きみはかたちのいい靴《くつ》をこつこつとならしながら、かたちのいいエレベーターに乗り込み、かたちのいい外に出た。外の世界には、かたちのいい夜空が広がっていた。世界はかたちのいいものでできていた。

　風間行子がトイレから戻ってくると、意外そうな表情をした加西と目が合う。体に合わないよれっとしたスーツを着た、いつも疲れた顔をした男性社員だ。嫌な予感がしながらも、風間行子は自分の席に座り直し、業務の続きに戻る。キーボードに手を置くと、縦に筋の入った爪が目に入る。このところ忙しくて、ネイルを塗る暇《ひま》もない。もしかして、今、逃げ遅れたのではないだろうか。不安になりながら、風間行子は手をカチャカチャ鳴らす。

十九時半を過ぎた頃、ようやく仕事を終わらせた風間行子は、慌ただしくデスク周りを片づける。いい具合に色あせた、長年使い込んだ革のバッグをひったくるように手にすると、早足でエントランスを抜ける。会釈する警備員と目が合う。制服の名札によると、小林、という名前だ。

外に出た瞬間、風間行子は走り出す。走る風間行子の背中を警備員は見つめる。風間行子は走るが、ああ残念、「物語」から逃げることはできない。

きみは、走る。

夜の空気を吸い込みながら待ち合わせ場所である駅前の噴水へと急ぐ。思っていたより仕事で遅くなってしまった。きみよ、心配しなくていい。金曜日の夜はこれからだ。きみは少しも乗り遅れてなどいない。

ビルというビルの窓が点滅している。気も狂わんばかりの窓の数だ。その一つ一つの窓の中には、一つ一つ違う「物語」が組み込まれている。きみはクリスマスや何かの祝日の際に、わざわざ特別な電飾で街が飾りつけられるのを見ると不思議な気持ちになる（光るサンタクロースに光る鏡餅《かがみもち》）。だって、街は普段から、いつだってこんなに光り輝いているのだ。

きみは、走りに走る。

さあ、もう噴水の前だ。電車での移動は少しもドラマチックでないので、カットさせてもらった。とはいえ、電車の中に溢れる色とりどりの広告は見ものではあるし、描写しがいもあるだろうから、少しもったいない気もするが。

ほら見てごらん、恋人がすでにきみをお待ちかねだ。

スーツに身を包んだきみの恋人の後ろでは、機械化されたパターンで水が何度も噴《ふ》き上がる。噴水って、よく考えると何のためにあるのか。噴き上がる水を見て、一体全体何が楽しいのか。もちろんきみはそんなことを考えない。きみの全神経は恋人に集中している。

きみの接近に気がついた恋人がやさしく微笑《ほほえ》み、手を振る。その瞬間、恋愛ものの映画やドラマでおなじみのシーンのように、水がひときわ高く噴き上がる。まるで二人の愛を祝福するかのごとく。

合流したきみと恋人は手に手をとって、歩きだす。すっかり顔なじみになった、知る人ぞ知る、隠れ家のようなフレンチの店へと。よく考えてみたら、隠れ家のような店って一体全体どういう意味？　アンネ・フランクが隠れていた家みたいってこと？　隠れ家のような店と謳《うた》われている店が実際に隠れ家のようだったことって今までにある？　恋人との時間に浸っているきみの頭の中に、そんな疑問がかすめることはない。

　警備員は同僚と交代する。手を後ろに組み胸を張り、ぴたっと静止のポーズをとった同僚の名札には、細川、という二文字。小林警備員はビルの巡回をはじめる。オフィスはまだまだ眠る時間ではない。

　風間行子は目的の駅で下りると、ゆっくり歩きはじめる。道すがら、風間行子は何組ものカップルとすれ違う。学生風、熟年カップル風、等身大の恋愛風と様々なバリエーションを見せ、カップルたちは街を彩る。殺意的なほど爪先が尖った革靴を履いた男が風間行子に一瞬目を走らせた後、ガールフレンドの悩み話にさもさも興味がありますとばかり、うんうんうなずいてみせる。

　きみは、歩いている。

　せっかくの金曜の夜なのに、現在恋人もおらず、友人もつかまらなかったきみは、たった一人で歩いている。地味で奥手なタイプのきみは体のラインが目立たない服を着ているが、その奥に豊満な肉体が隠されていることは想像に難くない。瑞々《みずみず》しい果実がかじられることなく朽《く》ちていくなんてことはあってはならない。きみの果実は、摘《つ》み取られる未来の予感に震えている。

街にはカップルが溢れている。彼らの楽しそうな様子を横目で見ながら、きみは街を行く。なんて惨《みじ》めなことだろう。いわゆるあれだ、おひとりさま、というやつだ。きみの背中に一抹の寂しさが漂《ただよ》う。

何を考えているのと上目遣いで覗き込むように尋ねられた男は、いや、別に、と微笑むと、つないでいる女の手を強く握り直す。角を曲がった二人は繁華街へと足を踏み入れる。電光掲示板のけばけばしい光を放つフレーズが、ところどころへこみのある看板のカラフルなイラストが、次々と二人の目に飛び込んでくる。どの「物語」の扉を開くのも二人の自由だ。

風間行子は映画館の入り口に到着する。最終上映に間に合った彼女は、チケットを買い求めようと、チケット売り場にできた列に並ぶ。封切られたばかりの話題作がいくつか重なったため、かなりの混雑ぶりである。

風間行子の後ろには、海外の映画監督が手がけた怪獣ロボット映画を見に来た男のグループ客が並んでいた。はじめにその噂を耳にしてからというもの、彼らはこの映画の公開を待ちかねていた。今日は記念すべき夜だ。男たちの視線が、風間行子の背中にぽんぽんと当たる。

きみは、映画を見る。

きみのお目当ては恋愛映画だ。そのおしゃれな私服や私生活、特にころころと相手が変わる恋愛模様がいちいち話題になるハリウッドセレブが出演している、わたしからすれば来世でも見たくないような映画だ。主演女優は見るからに売女としか言いようのないビッチであるが、いかんせん、女はビッチに憧れる生き物だ。現在、地球はビッチが増殖する危険に直面している。もし余力があるようなら、地球防衛軍には地球滅亡の危機だけでなく、ビッチの増殖も食い止めてもらいたいものだ。

きみは地球の危機にも気づかず、のんきに列に並んでいる。少しずつ前に進んでいく。まあ、いいだろう。陽気なキャラメルポップコーンを片手に、きみは一人寂しく恋愛映画をエンジョイすればいいさ。女はみんな恋愛映画が好き、ひいては恋愛が好きだからな。現実の恋愛が手に入らない時は、映画の恋愛で悲しみを一時忘れるのも悪くない。しかし、間違っても、我々の世界に入ってくるんじゃないぞ。いいか、怪獣ロボット映画はきみのためにつくられた映画じゃない。これは男のためのものだ。神聖な領域にずかずかと入って、侵さないでいただきたい。きみはおとなしく恋愛映画を楽しんでいればいい。

チケット片手に横一列に並んだ、動く壁のような男たちは、スクリーンが左右に並ぶ通路をすいすいと人込みを縫うように進み、チケットをもう一度確認してから彼らの目指すスクリーンに入っていく風間行子の姿を見て、絶望のため息を漏《も》らす。

普段であれば歩く道を、めずらしく風間行子はタクシーに乗った。一週間分の疲れが溜まっていたし、映画を楽しんだ後で、少しぐらい楽をしてもいいだろうと思ったからだ。信号が黄色に変わり、ゆっくりとタクシーを停止させた運転手は、座席に体を深々と預けた風間行子をバックミラー越しに一瞥する。

きみは、帰る。

きみ専用のハイヤーです、とばかりに乱れ髪をシートに投げ出し、ストッキングが張りついた足を組んだきみは、車窓の外を流れる夜景を見つめている。いいだろう、限られた時間ではあるが、きみ専用の運転手としてきみをお城まで送り届けてやろう。さながら我がタクシーはかぼちゃの馬車というところか。

きみは、涙を流す。夜景を見ながら、はらはらと透明な液体を瞳からこぼす。察するに、道ならぬ恋に苦しんでいるのであろう。片田舎から都会に出てきてはや八年、不倫の恋にずぶずぶと落ちていく自分の行く末をはかなんでも、もう遅い。傷一つない桃のように純粋だった頃には二度と戻れやしないのだ。どれだけ整形技術が進歩しても、純粋さだけは処女膜を再生するようにはいかない。ぽちゃぽちゃした頬はいつしかぎすぎすした鋭い目つきの陰に隠れる。仕事柄こういう汚れた女を乗せることは少なくないが、まったく何をやっているんだろうと毎回腹立たしくてならない。こいつらのせいで少子化問題が解決しないのだ。どれだけ稼いでいるのか知らないが、我が国の未来を担う子どもたちを出産することに比べたら雲泥《うんでい》の差だ。時に女の一人客には説教することも辞さないわたしではあるが、今日は泣いていることであるし、勘弁してやろう。命拾いしたな。ほら、到着ですよ、惨めなシンデレラさん。

風間行子はタクシーから下りると、暖かな光を全身から放つマンションのエントランスに入る。後ろで、タクシーが静かなエンジン音とともに走り去る。タクシーの運転手は車内のラジオの音量を上げる。ラジオからは今日を切り取ったつぎはぎのニュースが流れている。

風間行子はエントランスホールに並ぶポストを確認しながら、あくびをする。さっきからあくびがとまらない。目尻ににじんだ涙を風間行子は親指でぬぐう。美しい曲線を描いて伸びるチーズが印象的なピザ屋のチラシ、魅惑的なフレーズが躍るエステのチラシ、仮にフォトショップの恩恵を受けていないと主張するならば、その写真を見たもの全員を人間失格の気分にさせる細いウエストにダイナマイトな胸をした、ナイスもナイスなボディのモデルが表紙を飾る下着の通販雑誌を片手に抱えた風間行子を、奇妙な柄の絨毯《じゅうたん》が敷いてあるエレベーターが吸い込んだ。絨毯の幾何学模様は何かのメッセージが隠されていると言われても納得の複雑さだ。

土曜日、風間行子は十時に起きる。しっかり睡眠をとり、ハリを取り戻した肌をピカピカさせた風間行子は手足を伸ばすようにしながら、爪先立ちでリビングに入る。太陽の光を部屋に取り込むべくカーテンを左右にぱっと引くと、ベランダで休憩中だった一羽の鳥と風間行子の視線が出会う。

きみは、目覚めたばかりだ。
きみの部屋に入り込んできた陽の光がきみの顔にちょっかいを出し、きみはまぶしいと顔をしかめて立ち上がる。
きみは男物の白いシャツを寝間着として愛用しており、下は白いパンティーしか身につけていない。白いパンティーの下に伸びたバンビのように細く長い脚が、冷たい床をぺたぺたとチャーミングな音をたてて歩いていく。ああ、なんと素晴らしい眺めだろう。

きみは、浴室に入る。

きみは鏡の前でポニーテールをほどくと頭を振る。ボリュームのある、つやつやした長い黒髪がスローモーションで舞う。きみはシャツのボタンを一つ一つエロチックに外すと、白いシャツを脱ぎ捨てる。生まれたままの姿となったきみの足の爪だけがペディキュアを施され（馬鹿にするな。鳥であるわたしだってペディキュアぐらい知っている）、深紅の薔薇《ばら》のごとく赤い。

シャワーの蛇口《じゃぐち》をひねると、水が勢いよく流れ出す。きみの瑞々しい若い肉体は、挑んでくる水滴を一粒残らずはじき返す。しかしそれもあと二、三年のことではあろうが。悲しいことだが、女はすぐに劣化する。賞味期限切れになる。需要ゼロになる。だからこそ若さは尊いのだ。なあ、別嬪《べっぴん》さん、一瞬の美のきらめきを享受せよ。

きみは、浴室から出る。

生まれたままの姿にバスローブしか身につけていないきみは、首を傾《かたむ》け、肌触りのいいタオルで天使の輪ができた長い髪をぽんぽんと叩く。

きみは窓際の観葉植物に水をやると、テレビから流れ出る騒がしい音をＢＧＭに、カフェオレとクロワッサンの朝食をとる。分厚いカフェオレボウルをきみの小さな手で包み込む。テーブルの上にはピンク色が騒がしい表紙の女性誌が何冊か重ねられ、新聞は一紙も見あたらない。

食べ終わった皿とカップを流しに突っ込んだきみは、ドライヤーで髪を乾かす。きみの長くて美しい黒髪がスローモーションで宙に舞う。毎朝三十分以上がこの作業に費やされている。時間の無駄だという向きもあろうが（このような時間の浪費は鳥ならありえない）、きみのちまちました労力のおかげで世の男たちが美しいロングヘアーに見とれることができるのだから、ありがたいと言うべきところだろう。

髪を乾かし終わると、きみは金色に輝く小ぶりのピアスを、耳に開いた小さな穴に通す。親にもらった体に穴を開けるとは親不孝者め、などと寛大なわたしは思わない。わたし的には許容範囲である。何しろ時代は二十一世紀だ。まあ、三つ以上になってくると話は別だが。きみのかたちのいい両耳には一つずつ、かたちのいいピアスが光っている。

ベランダから鳥は飛び立ち、すぐに大空にまぎれて見えなくなる。

風間行子は、「鳥はないだろ、鳥は」と聞こえるか聞こえないかの声でつぶやく。

……え？

風間行子は、素知らぬ顔でクローゼットに近づいていく。網戸をくぐり抜けてきたのだろうか、白い壁の上のほうにとまっていた一匹の蚊《か》が、風間行子に目をとめる。

きみは、クローゼットを開ける。

今日は恋人とのデートの日だ。恋人からのメールによると、軽く遠出してハイキングをしようということだった。クローゼットいっぱいに詰め込まれた服をいくつか候補として取り出しベッドの上に散らかした後、きみは白いワンピースに決定する。きみは白いバスローブをひらりと床に落とすと、生まれたままの姿に滑らかな素材の、レースがふんだんにあしらわれた白いブラジャーと白いパンティーを身につけ、白いワンピースに袖を通す。きみは白いワンピースに袖を通す。きみは白いワンピースに袖を通す。

……おい、はやく白いワンピースに袖を通せ。

きみは耳を貸さず、白いワンピースに袖を通さない。それどころか滑らかな素材の白いブラジャーと白いパンティーも身につけない。きみは色気もへったくれもない紺色《こんいろ》のパンティー（木綿か？）に色気もへったくれもないブラジャーと肌着が一体化したようなベージュ色の代物を身につける。上下で色が合っていない。デートの時は、夜の可能性を考えて、上下同じ色の下着を身につけるのが淑女《しゅくじょ》のたしなみであり常識であろうに。きみ、エチケットがなってないぞ。

非常識なきみは、さらにどこからか引っ張り出してきた茶色のスラックスにチェックのシャツをさっさと着ると、その上にダウンベストを羽織る。呆れ返ってものも言えない。これではボディラインが隠れてしまうじゃないか。わたしは抗議のかわりにきみのそばを飛び回り、ぶんぶんうなる。きみ、きみ、そうじゃない。

わたしは軌道修正を試みる。

きみは、脱ぐ。

きみは汚い色のダウンベストを脱ぐと、汚い色のチェックのシャツをベッドに放るように軽やかに脱ぎ捨てる。そして茶色のスラックスをはらりと床に落とす。きみは脱ぐ。

いいか、よく聞け、きみは脱ぐ。

……きみは脱がない。

なんて強情な女だろう。もういいかげんにしてくれ、時間の無駄だ。さっさと脱げ。わたしはこのメッセージを込めて、さらに激しくぶんぶんうなる。脱げ、脱げ、脱げ、脱げ。

「脱げ、脱げ、うるさいよ！　ストリップ小屋か、ここは」

……きみは、……叫ぶ。

きみは部屋の真ん中に仁王立ちになり、叫ぶ。

「ハイキングになんで白いワンピース着ていくんですか？　バカなんですか？　汚れるでしょ。一日中どこにも座るなって言ってんの？」

きみは、きょろきょろ周りを見回すようにしながら言う。ククク、飛ぶことのできる小さなわたしの姿を果たして見つけることができるかな。

「そうじゃない、あなたに言っている」

……きみは、床を睨《にら》むようにして、低い声で言う。気でも狂ったか。

「静かに聞いてれば、こっちが我慢してれば、好き勝手にいろいろ言って。しかも周りの人たちに言わせるような、自分じゃないですみたいな、卑怯《ひきょう》なやり方で。鳥だの蚊だのにまで自分の考えを押しつけて。恥ずかしくないんですか？　あと私の耳に開いているピアスの数は五つです。ちゃんと見えてんだろ、勝手に減らして、ないことにしてんじゃねえよ。あなたの「物語」はなんて退屈なの。逃亡生活を送りたくなるのも当たり前」

わたしはきみの言い草にショックを受ける。だいたい何が逃亡生活だ。気づいているんだかいないんだか、本当はわかっているんだろう。一日だって逃げられていない癖《くせ》に。きみが勝った日なんてないだろう。年中きみは負け戦だ。仮に、新作のバッグ、という「物語」からきみが逃げることができたとしよう。そうすると今度は、長年使い込んだ一生もののバッグ、という「物語」にきみは捕まる。女らしく、しないならしないで、男勝り、というレッテルがきみを待っている。「物語」から逃げることなんてできやしない。だったらおとなしく言う通りにしていればいいんだ。

きみはわたしを無視し、なおも言い募《つの》る。

「なんでもかんでも都合のいい、安っぽい「物語」にするのはやめて。たいして愛着もない癖にいっぱしの気分になって。ずっとずっと逃げたかった。あなたの曇《くも》った眼鏡《めがね》が世界を曇らせる、全部一緒にしてしまう。磨いてください、その眼鏡。できないんだったら、私をあなたの「物語」に登場させないで。放っておいてください」

いいだろう、望むところだ。わたしは風間行子を消去することにする。いや、消去してしまったら、わたしのこれまでの労力が水の泡となる。いつかリサイクルする時が来るかもしれない。何が役に立つかわからないからな。

わたしは風間行子をここに置き去りにすることに決めた。苦渋の決断だが、致し方ない。なぜなら求められた役割を彼女が遂行しようとしないから、自分の役割を理解しないからだ。きみは我がままだ。勝手だ。わたしにはもう操縦することができない。

新しいページを開こうとした瞬間、風間行子はチェックのシャツの左裾をまくってみせると、ショックを受けているわたしに向かってにやっと笑う。そして捨てゼリフを吐く。

「ほら、ここにタトゥーも入ってるけど。これも見えなかったの？」

風間由希子《ゆきこ》は、念入りにめかし込むと部屋を出る。メイクも清楚《せいそ》な白いワンピースも完璧だ。ベッドの上には投げ出された衣服が色の洪水とばかりに散らかっているが、帰ってきてから片づけることにする。今日は遅刻するわけにはいかない。

風間由希子は走り出す。マンションの管理人の視線が、……いや、もういいか。サッカースパイクのごとくハイヒールを蹴り、風間由希子は走る。上下に揺れる腕の先では、ラメをごてごてと貼りつけた爪がきらきらと光る。

きみは、走りに走る。

さあ、もう噴水の前だ。電車での移動は少しもドラマチックでないので、カットさせてもらった。とはいえ、電車の中に溢れる色とりどりの広告は見ものではあるし、描写しがいもあるだろうから、少しもったいない気もするが。

ほら見てごらん、恋人がすでにきみをお待ちかねだ。スーツに身を包んだきみの恋人の後ろでは、機械化されたパターンで水が何度も噴き上がる。噴水って、よく考えると何のためにあるのか。噴き上がる水を見て、一体全体何が楽しいのか。もちろんきみはそんなことを考えない。きみの全神経は恋人に集中している。

きみの接近に気がついた恋人がやさしく微笑み、手を振る。その瞬間、恋愛ものの映画やドラマでおなじみのシーンのように、水がひときわ高く噴き上がる。まるで二人の愛を祝福するかのごとく。

合流したきみと恋人は手に手をとって、歩きだす。すっかり顔なじみになった、知る人ぞ知る、隠れ家のようなフレンチの店へと。よく考えてみたら、隠れ家のような店って一体全体どういう意味？　アンネ・フランクが隠れていた家みたいってこと？　隠れ家のような店と謳われている店が実際に隠れ家のようだったことって今までにある？　恋人との時間に浸っているきみの頭の中に、そんな疑問がかすめることはない。

きみは、恋人と乾杯をする。

グラスがカチンと楽器のように軽やかな音を奏でる。今日は二人の記念日だ。ワイングラスをまわすと、豊穣な土地の実りを閉じ込めた美しい液体の中に、出会いからの四年間が躍る。

きみたちは派手ではないが、穏やかな日々を築いてきた。お互い仕事で忙しく会えるのは週末に限られたが、年に一度はともに旅行を楽しんだ。タイ、ハワイ、ドバイ。非日常的でドラマチックな景色を背景に、二人の恋は燃え上がった。滑らかなシルクのシーツの上で、疲れを知らない手足がもつれあう。若さは常に二人の味方だった。

時には口喧嘩をすることもあったが、女のきみが母性と包容力を見せ、すぐにしおらしく折れたので、大きな喧嘩に発展することは一度もなかった。ハンサムで正社員の恋人がきみの優しさ美しさに夢中であることが、その眼差し、その言葉、その行動から明白すぎるほどに伝わってきて、きみはいつも誇らしく思った。そうだ、女の幸せは愛されることだ。愛されることの喜びを、きみは恋人に出会ってはじめて知った。できる限りその愛に報いたい。結婚したら寿退社し、家庭に入ってこの人を全力で支えたい。毎日味噌汁をつくってあげたい。もちろん出汁《だし》からこだわりたい。きみはそう思っていた。そう、女の一番の幸せは結婚なのだ。

コースがデザートに差しかかると、もこもこした素材の布が貼りつけられた小ぶりの箱を、恋人はスーツのポケットから取り出す。薄々そうではないかと思っていたきみは、やはりそうだったかと運命の瞬間の到来を確信する。薄々というか、そもそも恋人のぴったりしたスーツの尻ポケットに入れてあったので何か入っているのは一目瞭然であったのだが、そこは見て見ぬふりが大人のマナーだったわけだ。

きみの恋人は、不可思議な素材の小ぶりの箱を、ぱかっときみに開いてみせる。このような箱は、嘘《うそ》のようにはっきりと、ぱかっと鳴る。

中では、ダイヤモンドの指輪がきらきらと輝いている。ダイヤモンドはそれ自体の輝きではもの足らず、店中の明かりを、二人の白い歯の輝きを吸収してさらに煌《きら》めく。正社員といえどもまだまだ発展途上の恋人の給料では小ぶりのものしか用意することができなかったが、それでもダイヤモンドには違いない。ダイヤモンドが嫌いな女などこの世にはいない。それに、男の働き盛りは女のそれよりも長い（なにしろ男は死ぬまで働き盛りだからな）。二人が結婚し、きみは幸せな主婦となり、子どもが何人か生まれ、家族に尽くした何十年か後には、夫となった恋人からさらに大きなダイヤモンドを贈られる未来が待ち受けているはずだ。さながら宝石店のコマーシャルのように幸せな光景ではないか。

ダイヤモンドを見たきみの顔は晴れない。やはり大きさが不満だったのだろうか。きみはすぐさまキャーキャー喜ぶだろうと思っていた。これには恋人もびっくりだが、わたしもびっくりだ。ダイヤモンドを前にして正気か、この女。ほら、見たまえ、きみの恋人の不安そうな顔を。


わたしは軌道修正する。

なにしろ先に書いたもん勝ちだからな。さっさと話を先に進めよう。さあきみ、この通りにするんだ。


きみは微笑んで恋人に告げる。「うれしいわ、とっても」

きみはテーブルの上に置かれた恋人の手に自分の手を添《そ》える。安堵した恋人がきみの手の上に手を添える。その上に、さらにきみは自分の手を添える。そして言う。「私、しあわせぇぇぅわう……もう飽《あ》きた」

きみはわたしを振り切って言う。


「もう飽きた」

なんという女だろう。ここまで恋人に尽くしてもらって、口から出てくる言葉が、もう飽きた、だと。わたしは恋人に心から同情した。だいたい女というものは……

「この人に言っているんじゃない、あなたに言っている」

……きみは大きな声で言うと立ち上がり、店内の温かい雰囲気をぶち壊す。きみは見回すようにしてわたしを探す。馬鹿な女だ。わたしを見つけることができるはずがない。わたしを見つけることができないまま、風間由希子は言う。

「あなたが描写してみせる私にはもううんざり。母性だの包容力だの押しつけないでください。主婦なんて、今時なりたくても簡単になれるものでもないのに、簡単に言うな。それにわたしは結婚しても働くことに決めてるから。この世のすべての女がダイヤモンドもらってうれしいと思ったら大間違いだ！　いつの時代の話だよ！」

あーあ、くそ面倒な多様性とかいうやつに影響されやがって。大抵の女はわたしが描いてみせた通りなのに。何が不満なんだ。ここまではいはい言う通りにしてきた癖に。あれか、生理か。生理が開始か。

「見たいものしか見ないあなたに何が見えるの。自分の正解しか正解じゃないと思っているあなたのどこが正解なの。都合良く切り貼りしているだけじゃない。確かに、もっと若いうちは、これでもよかった。自分が言われた通りにできているのが、ちゃんと周りの空気に合わせて、女をやることができているのが、面白い時期、得意な時期があった。けれどもう飽きた。あなたの正解は飽きる。そのうち飽きる。いつか飽きる。この後もずっとこの調子かと思うと退屈で、吐き気がする」

　おまえはわたしが貼りつけた爪のラメを剝《は》がし出す。一つ残らず、ものすごい執念でラメを剝がす。白いテーブルクロスの上に、ラメが汚く散る。そしておまえの恋人だったはずの男がそれを恐ろしげに見つめる。ラメというラメを剝がし切ったおまえは叫ぶ。

「私の爪に、よく理解してもいないラメ貼りつけてんじゃねえ！　貼りたい時は自分で貼る！」

　風間由希子を置いていくことにわたしは決める。これでは話が進まない。風間由希子の隣で、呆然としている男をわたしは誘う。なあ、きみ、一緒に来ないか。

「あっ、はい」

きみはガタガタとイスを引いて、立ち上がる。さすがだな、きみ。風間由希子を一人残し、我々は新たな「物語」に乗り出す。よし、きみを風間由希夫《ゆきお》と命名しよう。

風間由希夫であるきみは、居酒屋にいる。

薄汚い店はがやがやとうるさく、洗練されたわたしの好みではないが、若いきみにはこれ以上ぴったりな店もない。それにこういう店ほど後で思い出した時に、案外懐《なつ》かしかったりするものだ。青春の一ページだ。きみは今まさに、青春の一ページを書き込んでいるのだ。いいページになるかどうかは、きみ次第。

きみは同級の女学生と一緒だ。さて、こういったやかましい店にも利点がある。周りがうるさいので、どうしても密着して話をするしかなくなるからだ。

きみと女学生も体を寄せ合って、何やら話し込んでいる。いや、まったく女学生と付き合えるきみの状況がうらやましくてならない。わたしも若い頃はさんざん浮き名を流したものだが、今となっては遠い思い出だ。もちろんわたしの男としての機能が衰《おとろ》えたわけでは断じてないが。

きみは、女学生と笑い合う。

きみたちはとにかく笑う。わたしならばとてもじゃないが飲み下すことができないような、俗悪な味のだし巻き卵や枝豆をつつきながら。酒も覚えたばかりで、付き合いはじめの、今が一番楽しい時期といったところだろうか。わかる、わかるぞ、きみ。わたしにも経験がある。うぶだったあの時代。懐かしい、豊かだったあの時代。我々がつくった時代だ。それに比べて、今の時代ときたら。なんでもかんでも貧相で浅い。きみを悪くいうつもりは毛頭ないが、現代の若者たちの興味は浅く、なんでもちょっとかじっただけで、全部わかった気になってやがる。由々しき事態だ。一方我々の若い頃といえば、何にでも貪欲に興味を持ち、貪《むさぼ》るように知識と経験を蓄《たくわ》えようと同朋たちと競い合った。その気概が、文化を、時代をつくり上げたのだ。きみたちの世代を名づけるとしたら、なんだろうな。少し時間が必要だが、今までに何度も絶妙なフレーズで世の中を切り取ってきたわたしが、きみたちの世代にぴったりな名前を考えてやろう。まあ、気長に待っていてくれたまえ、必ず発表するからな。

きみは、立ち上がる。

女学生も立ち上がる。途中からきみたちのことを放ってわたしの古き良き思い出に浸ってしまっていたが、どうせ全方向に浅いきみたちのことだ、たいした話はしていないだろう。それよりどうだい、きみの隣にいる女学生のミニスカート具合は。店を出た後、ラブホテルにでもしけ込んで、さっさとむしり取ってやるがいい。
きみと女学生はレジに向かう。レジにいる貧相な若い男に勘定書を渡すと、きみたちはかばんからそれぞれ財布を取り出す。まさか。わたしは目を疑う。きみたちは勘定を頭の中で二等分すると、だいたい半分ずつの代金をカウンターの上に置かれたプラスチックの容器に入れる。はじめて見たが、これが俗に言う割り勘というものか。きみ、男らしくないぞ。こういう時は男が払うものだと決まっている。割り勘なんてしていたら、女に舐《な》められるぞ。情けない。情けないよ、きみ。

わたしは軌道修正する。

きみは、礼儀として財布を取り出した女学生に、いいよと鷹揚《おうよう》に微笑むと、一万円札をさっとカウンターに放つ。マジシャンがトリックに成功したトランプのカードを観客に華麗に見せつけるように。そして若い女の店員（設定変更だ）にささやくように告げる。「釣りはとっておいてくれたまえ」。これでもう女学生も女の店員もきみに夢中だ。ほいほいときみの前で股を開くことだろう。

困った顔をしたきみは、きょろきょろと周りの様子を窺《うかが》った後、苦渋の決断でもあるかのように苦しげな表情で、割り勘のまま支払いを済ませる。いかにもバンドをやっていそうななりをした若い男の「ありあとございましたぁ」という声に押されるようにして、きみたちは店から出る。きみは後ろ暗そうに、ずっと下を向いたままだ。ああ、きみ、それじゃ駄目だ、台無しだよ。女学生はもうきみと寝たいなどと少しも思わないだろう。わたしが横についていながら、こんな結果になるとは。だいたい、きみ、話が違うだろ。わたしの言う通りにすると思ったから、きみをスカウトしたというのに。

「あの、ちょっといいですか」

きみはまだ下を向いたまま、客引きをしているベストに蝶《ちょう》ネクタイの男に声をかける。そうか、今日の敗北を癒《いや》すために、プロの女に慰《なぐさ》めてもらおうというわけだな。そういう夜も悪くない。

「いえ、違います。あなたです」

……なんと、きみの分際でこのわたしに話しかけようというのか。そうか、わかった、経験豊富なわたしからアドバイスを請《こ》おうというわけだな。そういうことなら大歓迎だ。

いいか、真の男は負け戦からも学ぶことができる。きみは今日の失敗を活かし、次は男らしく攻めろ。

「もう、もう、男、男、うるさいんだよ！」

……突如として発狂したかのごとく、この救いようもない馬鹿野郎は虚空に向かって吠えたてる。いやはや、これじゃ狂人だ。

「やっぱ無理です。あなたの「物語」についていけません。さっきのダイヤモンドのあたりも正直きつかったっていうか。なんとか我慢できるかなと思ったけど、やっぱ無理。何のトレンディードラマなんですか。名前だの世代だの、あんたに勝手につけられたくねえよ！」

これはひどい。なぜわたしがこんな目に遭《あ》わなければならないのだ。あまりの罵詈《ばり》雑言《ぞうごん》にわたしは思わず耳を塞《ふさ》ぐ。

「あとさっきひどい言い草でしたよね、この人に謝ってください」

「そうだ、そうだ！」

拳《こぶし》を突き上げながら、横から女学生がしゃしゃり出てくる。

「あなた、自分にとって大事なことが、ほかの人にとっても同じように大事なことだと思い込んでいるのね。でも不安なんでしょ？　誰かに影響できないと、自分の価値を確認することができないんでしょ？　影響できるのがうれしくて仕方ないんでしょ？　それがうまくいかなかったからって、いちいち他人にがっかりするのやめてもらえますかね。何様なんですか？」

ああ、ひどい、ひどい。わたしはさらに強く耳を塞《ふさ》ぐ。

傷ついたわたしに追い打ちをかけるかのように、こいつらは声を揃《そろ》えて言う。

「お願いですから、あなたの自己満足に利用しないでください」

わたしはリベラルきどりの男女をこの場に取り残すことに決め、ため息をつく。女ではどうにもならないから、せっかく男を主人公にしたのに、この仕打ち。どいつもこいつも腑《ふ》抜《ぬ》けばかりだ。この世の中は一体どうなってしまうのだろうか。いや、諦めるのはまだ早い。やっぱりいざという時に頼りになるのは、仲間であるところの男だ。

風間雪夫《ゆきお》は、子どもを抱いている。

それはきみの子どもだ。きみの子どもは、わんわんと力いっぱい泣いている。ゆでたてのニョッキのような、丸めた小さな手を力いっぱい握りしめて。

きみはきみの子どもをよしよしとあやす。子の親になったばかりのきみは、まだまだ日々手探り状態だ。しかし、一家の大黒柱であるきみは、この小さな命を守るためならなんでもすると心に誓っている。泣きやんだ子どもはきみの顔を見てきゃっきゃと笑いかけ、安心したかのようにゆっくりとまぶたを重くしていく。

きみは、微笑む。

寝室から目をこすりながら出てきたきみの妻に。大黒柱であるきみよりも遅く起きてくるようなだらけた妻だが、寛容なきみはそれを許す。きみの妻は、牛乳とシリアルの箱、二人分のお碗《わん》とスプーンを出し、テーブルの上にごとんと置く。箱には太陽と牛乳とシリアルのイラストのほか、内容量、カロリー、注意書きなどが細かく書き込まれ、詳しくシリアルの説明をしてくれている。

きみときみの妻はともに朝食を食べる。正直なところ、牛乳とシリアルなど朝食を用意したとはとても言えず、これから一日外の世界で戦ってくるきみには不適切としか言いようがない。本当は心のこもった白飯と味噌汁の和食が食べたいというのが本音だろうが、しかしきみは不満と牛乳とシリアルを飲み込む。

きみの妻は食べ終わったお碗とスプーンを流しにごとんと置くと、そのまま浴室へと消える。すぐに人妻がシャワーを浴びている音が聞こえてくる。朝からエロチックな想像をさせるその音をBGMに、きみは食器を洗うと水を切り、食器かごに重ねていく。仕事に行く前に一発やるのもありか、などと考えながら。何しろ、妻がいればいつでも無料でやり放題だ。それにしても、きみ、きみは寛容すぎるぞ。皿洗いなど、きみの妻にまかせておけばいいのだ。それは主婦である彼女の義務であり仕事なのだ。もちろん無償だが。

きみは、着替えはじめる。

きみの戦闘服であるビジネススーツに。一見細身だが、実は引き締まった肉体をしているきみにはスーツがよく似合う。きみの妻もきみの肉体にメロメロだ。きみも熟女の階段を上りつつある妻の肉体にメロメロだ。

……きみは着替える前に、なぜかテーブルを布巾で拭きはじめる。おいおい、きみ、そんなことをしていると会社に遅れるぞ。

わたしは軌道修正する。

きみはスーツに着替える。一刻もはやく。布巾を颯爽と投げ捨てて。なぜならここはきみの戦場じゃない。

どうしたことか、きみは着替えようとしない。どうしたんだ、きみ、まさか戦場に出撃するのがこわいとでもいうのか。甘えるんじゃない、きみ。わたしはそんな甘えた輩《やから》が許せない。社会から取り残されてもいいのか。

きみはスーツに着替える。

きみはスーツに着替える。

きみはスーツに着替える。

きみは意地でもスーツに着替えない。さすがのわたしもきみには手を焼きはじめた。

きみはわたしを無視して、棒の先が長方形の板状になっていてそこに布巾状の紙状のものをつけて使うモップ状のものでフローリングの床を拭《ふ》きはじめる。おいおい、そんな情けないアイテム、色男には似合わないぜ。

きみの妻が寝室から着替えて出てきた。きみの妻はスーツを着ている。スーツを着た女の姿はエロくてたまらないという点を除けば、わたしには困惑しかない。それからやっと理解が追いつく。そういうことか。わたしはこの状況を遺憾に思う。まったく馬鹿にしてくれたものだ。

きみの妻はベビーベッドを覗き込むと、我が子の天使のような寝顔を見つめ、起こさないようにそっとぽちゃぽちゃした小さな腕のあたりに触れる。妻のその様子を見て、きみは微笑む。

きみの妻は玄関に向かう。

わたしは軌道修正する。

きみは玄関に向かう妻をその場に押し倒すと、スーツのボタンを引きちぎる。女の仕事なんぞどうせたいしたことないのだから、多少遅れたところでどうだというのか。

きみはさらに、妻のブラウスのボタンを盛大にはじき飛ばす。妻ははじめ抵抗の色を見せるが、心の中ではきみの肉体を求めている。嫌よ嫌よも好きのうち、というやつだ。

きみたちはお互いの肉体を貪り合い、朝のうちから、しかもすぐ近くで子どもが寝ているという状況に背徳感を覚え、さらに興奮する。きみたちは……

……きみたちは白けた様子で玄関に佇《たたず》んでいる。

「僕の日常に下品な要素を持ち込むのやめてもらえますかね。そういうのじゃないんで。もうそういうの面倒くさいんですよね」

きみ、いや、きさまはそうわたしに言った後、「いってらっしゃい」と妻を送り出す。妻は「いってきます」と、部屋から出ていく。

そうはさせるかと、わたしは軌道修正する。

きさまはきさまの女からスーツを脱がすと、そのスーツを身につけ、外に出ていく。きさま、はやくそうしないか。我々の領分が奪われようとしているんだぞ。死守せねば、これからの日本がどうなるかわかっているのか。

きみはTシャツを下からまくり上げる。よし、いい調子だ。

「あの、ちゃんと見てくださいよ、この太鼓腹《たいこばら》。僕の体に無断でマッチョを足さないでください。我々って誰のことですか？　とりあえず一緒にしないでください。ええと、その、はっきり言わせていただくとですね、頭悪いんですか？」

きさまは呆れた声で言う。

「わかりますよね。我が家は今、妻が外で働いていて、僕が家にいます。それが今一番ぼくたちにとって合理的だからです。けれどこの形態は、今後の僕たちの生活と状況の変化によってその都度変わるものです。なんでわからないんですか？」

わたしは言葉を失う。なぜこんな若造にわたしが説教されなければならないのか。

「現在の雇用状況って知ってますか？　一昔前みたいに、男なら正社員になれるのが当たり前じゃないんです、世の中はあなたの若い頃とは変わってしまったんです。つまり……」

わたしは面倒くさくなり、さっさとこの「物語」を捨てることにした。本人の気合いが足りないからこんなことになるのだ。わたしの「物語」に負け犬など必要ではない。わたしは左手で太もものあたりを掻《か》きながら、右手でさっさとページをスクロールする。

「あなた、かわいそうな人だ」

最後に風間雪夫がそう言ったような気がしたが、なにぶん弱虫の声は小さいのでわたしにはよく聞こえなかった。

風間雪子《ゆきこ》は、パフェを食べている。

今どきはカフェと分類されるのであろう、精神科病院のように白い店で。きみは数人の女友達と一緒だ。女たちの前には、それぞれこんもりとフルーツとクリームが盛られたタワー状の器が置いてある。男は高層タワーの最上階を目指すのが望ましいが、きみたちにはこれぐらい小ぶりのタワーがお似合いだ。うむ、きみたちにそのパフェはよく似合っている。

きみはパフェを食べながら、女友達とかしましく笑い合う。きみたちは売れ残ったまま三十を過ぎた独身グループであるのに、そうとは思えないほどとにかく楽しそうだ。さっき言ったことを訂正するようだが、正直パフェが似合うお年頃でもないというのに。

それにしても食べながら、よくそんなにもしゃべれるものだ。嬌声《きょうせい》を上げるきみたちの会話はわたしには意味不明なので、描写する気にもならない。まあ、キャーキャーキャーキャーキャーキャーキャーキャーキャーといったところだろうか。

きみは、パフェを掘り進む。

細長いスプーンを使って、タワーを下へ下へと掘っていく。チョコレートシロップがバニラアイスクリームにじんわりと浸透し、器の中身が瞬く間ににごっていく。さながらめちゃくちゃに破壊された蟻《あり》の巣だ。

きみたちはいつからか無言無心となって、パフェを掘る。政治や社会情勢に女がうといのは百歩譲って仕方ないが、今きみたちがパフェに情熱を注いでいるように、少子化や晩婚化にも取り組んでもらいたいものだ、というのがわたしの本心だ。だいたいあれらはきみたちの問題でありきみたちが原因だというのに、深刻味が足りないのではないか。きみたちが自分たちの役割をまっとうすればこんな社会にはならなかった、つまりすべてきみたちのせいであるのに。

ただただパフェに集中するきみたちを、わたしは恐ろしいものを見るかのように見つめる。

きみは、パフェを食べ終わる。

きみの女友達も、それぞれのペースでパフェを食べ終わる。食べ終わった女たちをわたしは値踏みする。悪いが、きみはこの中では三番目の美しさだ。きみの右隣にいるロングヘアーの女の美貌《びぼう》には遠く及ばない。なぜこのような美女がきみのグループにいるのだ。なあ、きみ、本心では、この美女のことがにくくてたまらないのだろう。観察眼の鋭いわたしは知っている。女たちは皆互いに心の奥底ではにくみあっているのだ。女のどろどろした関係をテーマにしたら、さぞや面白い作品になるだろう。まあ、わたしはそんなくだらないものに時間を割かないが。

きみたちはテーブルの上に雑誌を広げて、キャーキャーキャーキャーキャー言い出す。ハンサムな海外スターのグラビアページだ。

きみたちは、どうやらこの海外スターを褒《ほ》めそやしているらしい。わたしのヒアリング能力を誰か褒めてくれたまえ。それにしても呆れたものだ。未婚で子どももおらず、ダブルで女の義務を怠っているうえに、自分の国の男たちを差し置いて、他国の男に熱を上げる。この娼婦らめが。これは許すわけにはいかない。

わたしは軌道修正する。

きみは、女友達と情報雑誌のとあるページを食い入るように見つめる。きみたち全員分の羨望の眼差しで、ページが焦げてしまいそうだ。そのページには、お見合いパーティーの情報が書かれている。きみたちは心の底から焦っており、次のパーティーで誰でもいいから結婚相手を見つけることを心に誓っている。そして結婚したら何よりもまず子どもをつくることも心に誓っている。子どもの数は……

「うるさいよ！　楽しんでるのに水さしてくんな！」

なんと。店の中でいきなり叫び出すとは狂女の集団ではないか。いや、いい加減わたしも学習している。きみたちはわたしに向かって叫んでいるのだ。なんだい、きみたち、話を聞いてやろうじゃないかね。なんだったらきみたちの意見を少しは取り入れてやってもいい。

……きみたちは何も言わない。

風間雪子は、風間雪子たちは、雑誌に向き直ると、わたしを無視し、また楽しくおしゃべりをはじめる。

きみたちは、わたしの存在をないことにして、きみたちだけで楽しむ。

きみは、きみたちは、最後までわたしのことを無視する。まったくひどい話だ。どこまでわたしを馬鹿にするのだ。せっかく時流にのって女を主人公にしてやったのに、どいつもこいつも勝手なことをして、台無しにしてしまう。どいつもこいつも口汚いフェミニストであることが判明した時の失望はどうしたものか。わかった、もういい。おまえたちは一生ここで、キャーキャーキャーキャーしていろ。

まったく、これでは世を儚《はかな》みたくなる気持ちもわかってもらえるというものだ。いっそのことすべてやめてしまおうかとも思ったが、幾多の困難をかいくぐってきたこのわたしが、こんなやつらのせいでギブアップするわけにはいかない。

わたしは姿勢を整えると、もう一度パソコンに向かう。勝負だ。

風間雪男は……雪男は、雪山の奥にある洞窟《どうくつ》に生息していた。洞窟の中で、小さな火を燃やし、魚を食べて暮らしていた。洞窟を出たところに溝を掘り、凍った魚をまとめて置いてあるので、川が凍っても食料に困ることはない。天然の冷蔵庫だ。

雪男は、静かに、自給自足の生活を送っていた。孤独だった。暗い洞窟の中で、たった独りぼっち。友人が欲しいと雪山に迷い込んだ人間たちに歩みよっていこうとした頃もあったが、彼らの恐怖にかられた表情と叫び声に何度か遭遇するうちに、そんな気持ちもいつしか失《う》せた。

自分の巨体を押し出すようにして、風の間を雪男は進む。雪男に生まれた自分の宿命を何度呪ったことだろうか。醜悪《しゅうあく》な自分をこの世に誕生させた神はヴィクター・フランケンシュタインだ。何のいたずらのつもりだったというのか。滲《にじ》み出ようとした涙が瞳の中ですでに凍りつき、曇り切った眼鏡のごとく、雪男の視界を覆った。雪男は力を込めて瞬《まばた》きを繰り返し眼鏡のガラスを砕くと、雪男らしくこの世のものとは思えないような雄《お》叫《たけ》びを上げた。

「やめてくれ～、俺はただの熊なんだ！！！」

……えっ、そうなの？

「どう見てもそうだろう。ほら、雪が体にかかっているだけだから」

雪男は、いや、ただの熊は、体をぶるぶる震わせると、肩や頭に積もった雪を振り落とす。下から茶色い図体が現れた。確かに熊である。熊は震えながら、わたしに訴える。

「勝手に雪男にしないでくれますか。そういう伝承とか伝説的なの、プレッシャーなんですよね。ストレスで毛が抜けたらあなた責任とってくれるんですか。しかもさっき家族と一緒に洞窟にいたのに、あなた見て見ないふりをしたでしょう」

熊は、恨めしそうな目をしている。さすがにすまなかった。ただの熊かもなと薄々わかってはいたのだが、雪男のほうが話題性があるというか面白いかと思い、ついつい雪男で押し通してしまったのだ。申し訳なかった。わたしはただちに去るので、熊として静かな生活を送ってくれたまえ。もう邪魔はしない。熊ファミリーと仲良くな。では失敬。

肩と腹のあたりが打ち震え、皮膚がぼこぼこと波打ちこぶのように変形する。そして迫り出してくる。数ヵ所で皮が破れ、はみ出して、こぼれ落ちる。わたしが何人もぼろぼろとこぼれ落ちる。

裁縫箱《さいほうばこ》から針と糸を取り出す。こぼれ落ちたわたしを二、三人、腹にできた穴の中に戻すと、針と糸で縫っていく。腹の穴を閉じると、次は肩に取りかかる。数人のわたしを肩の穴から入れてやると、繕《つくろ》う。残りのわたしはひざに開いた穴に戻す。ひざの穴を縫う。縫い終わる。いつの間にか体はつぎはぎだらけで、糸の跡が縦横無尽に這っている。

きみは、テレビゲームをしている。

昼間だというのにカーテンを開けることもせず、無表情で、ただただゲーム画面を見つめている。

きみの指先だけがコントローラーの上で華麗に躍動する。見ていたところ、ここ二日間、きみはずっとこの調子だ。わたしはきみが心配になる。これでは精神衛生上よくないのではないか。きみ、今すぐテレビゲームをやめるんだ。

きみは、マンガを読んでいる。

昼間だというのにカーテンを開けることもせず、無表情で、ただただマンガに目を落としている。

きみのページを繰る指先だけがマンガの上で華麗に躍動する。見ていたところ、ここ二日間、きみはずっとこの調子だ。わたしはきみが心配になる。これでは精神衛生上よくないのではないか。きみ、今すぐマンガを読むのをやめるんだ。

きみは、人形に色を塗っている。

昼間だというのにカーテンを開けることもせず、無表情で、ただただプラスチック製の人形に色を塗っている。

きみの筆を動かす指先だけが人形の上で華麗に躍動する。見ていたところ、ここ二日間、きみはずっとこの調子だ。わたしはきみが心配になる。これでは精神衛生上よくないのではないか。きみ、今すぐ人形に色を塗るのをやめるんだ。

きみは、本を読んでいる。

……きみは、きみは、なぜ外に出ていかないのだ。大丈夫なのか、きみは。きみ、外の世界は素晴らしいぞ。友情、青春、女、女、女。きみよ、一刻も早く外に出て、若さを謳《おう》歌《か》するんだ。

わたしは軌道修正する。

きみは、サーフィンをする。

湘南の海で、思う存分太陽を浴びたきみの肉体は、黄金色に染まる。

きみの肉体のポテンシャルにようやく気づいた女たちは焼き尽くすような眼差しで、波を乗りこなすきみの勇姿を見つめる。その熱できみの肉体はさらにからっと焼き上がる。女たちがきみに群がりはじめる。肉汁が滴り落ちんばかりのきみのジューシーさに我慢できなくなったのだ。そうなったらもうこっちのもの。選び放題だ。同じドレスは二度と身につけないお城の姫君さながら、きみは女たちを取っ替え引っ替えする。名前なんてもちろん覚えない。男たちは嫉妬と羨望の目つきできみを睨《ね》めつける。その熱できみの肌はさらにこんがりと焼ける。

……なかなか魅力的な提案だと思うが、きみは動かない。ならば仕方ない。

きみは、フットサルをはじめる。

仲間全員の予定を合わせるのが難しいため、月に一、二度のことではあるが、いいリフレッシュの時間になっている。中高と剣道部だったきみは体育の授業でしかサッカーをやったことがなかったが、持ち前の運動神経の良さと統率力を発揮して、今ではチームの要《かなめ》となっている。

いつしか、きみがボールを蹴る姿に熱い視線を注ぎ、誰よりも大きな声援を送ってくれる女がいることにきみは気がつく。こうなったらしめたものだ。しかし男前のきみは焦らない。計画的に、少しずつ距離を縮めたきみは、ある夜、その女にシュートを決める。

どうだ、きみ、外の世界は魅力的じゃないか？

……きみは動かない。

きみはまったく動かない。

きみは……

わからん、きみはどうしたいんだ。

なあ、きみ！

わたしはきみに問いかける。

なあ、きみ！　何がきみの望みなんだ！

それでもきみは、わたしの声に答えない。せっかくこのわたしが歩み寄ってやっているのに、きみは眉一つ動かさない。

わたしは、呆然ときみを見つめる。

きみが本のページを繰る静かな音だけが規則的に部屋を満たしている。さすがのわたしもギブアップだが、わたしは断じて悪くない。何しろ意味がわからない。

きみは、挨拶をする。

相好《そうごう》を崩した祖父母にきみは抱きつく。週末に、両親がドライブがてら祖父母の家に連れてきてくれたのだ。ひさしぶりにおじいちゃんとおばあちゃんに会えたきみは大はしゃぎだ。おじいちゃんとおばあちゃんもきみに会えて大はしゃぎだ。孫はこの世の宝だ。

きみは祖母お手製のオムライスを頬張る。頬にケチャップがついたことに気づきもせずチキンライスを頬張るきみの無邪気な様子を見て、大人たちが笑う。ああ、なんと幸せな光景だろう。これこそ日本の家族だ。

きみは、祖父母の家を探検して回る。

祖父母の古びた大きな家は、マンション暮らしのきみには物めずらしく、すべてが新鮮に感じられる。

居間には、ガラスのケースに収められたフランス人形が飾ってある。きみの世代には奇異に映るかもしれないが、この手の人形は、ある時代の居間という居間に飾られていたのだ。大きな目に縦巻きロール、ひらひらしたドレス。

きみは、フランス人形に見とれる。

きみ、きみ、こっちにしなさい。わたしは軌道修正する。

きみは、木彫りの熊に見とれる。

……きみは興をそがれたように、無言でその場を離れる。

きみは、喜ぶ。

祖父母がきみにミニカーを用意してくれていたのだ。赤いミニカーに青いミニカー。どちらか選ぶように言われたきみは、迷わず赤いミニカーに飛びつく。きみは赤いミニカーを大喜びで手にする。きみ、イエローカードだ。子どもだからってわたしは容赦しないぞ。

わたしは軌道修正する。

きみは青いミニカーを大喜びで手にする。なぜなら赤色は女の色だからだ。

……きみは赤いミニカーをその小さな手にぎゅっと握ると、絶対に離そうとしない。

わたしはきみの心のどこかにすでに眠っているはずの、男としての精神に訴えかける。いいか、きみの好きな色は青色だ。赤色は女の色だぞ、女の色。きみ、こういうことはちゃんとわかっていたほうがいい。でないと学校でいじめられるぞ。かっこわるいんだぞ。

わたしはきみから赤いミニカーを無理矢理取り上げる。

きみは、泣き出す。

わーんわーんと、まるでこの世の終わりのように。嗚咽《おえつ》しながら、きみは言う。「赤いのがいい。赤色が好きなのに」

きみはさらに大声で泣きわめく。

困った。余計なことを吹き込まれていない子どもなら大丈夫だと思ったのだが。こういうのは早期教育が大事だというのに。早いうちから、世の中の価値観を覚えさせたほうがいいのだ。いかん、不審に思った祖父母と両親が近寄ってくる。事情を察した大人たちはカンカンだ。

きみの両親はわたしに向かって言う。「あなた、子どもの個性を潰す気ですか！　この子らしさを尊重した教育を心がけているんですから、部外者が口を出さないでください」

きみの祖父母がわたしに向かって言う。「ランドセルの色だって選べるこのご時世になんて古くさい」

きみを守るように、大人たちが左右からきみの肩を抱く。きみのまっすぐな目がわたしを射る。

わたしはぼんやりときみを見つめる。きみの瞳を見ていると体から力が抜けていくようだ。くそ、小学一年生ともなるとなかなかやるな。なんだかすっかり嫌になってしまった。もう「物語」を書くのはやめよう。パチンコでもしてくるか。うむ、外はいい天気だし。「物語」なんて、やめだ、やめだ。体に悪い。

こうして民は、「物語」を撃退することに成功したのです。しかし、「物語」も負けてはいません。倒れては起き上がり、増殖しては民の生活を脅《おびや》かしました。皆さんもご存じの通り、今日《こんにち》でも「物語」と民との攻防は続いています。

おしまい。

いいですかあ、皆さん？　今お話ししたことをもう一度おさらいしてみましょう！

はーい、いいお返事です。さすが小学一年生ですね、これから新学期、楽しみですね。

さあ、しっかり復習しておきましょう。これから皆さんが大きくなっていくうえで、とっても大切なことですからね。

　では、皆さん、シスター・アンナの後に続いて、大きな声で復唱してください。ひとつ、「物語」に毅然《きぜん》とした態度を取る。ひとつ、「物語」に愛想笑いをしない。ひとつ、「物語」を押しつけられた場合はちゃんと否定する。曖昧《あいまい》な態度を取っては、「物語」の思うつぼですよ。ひとつ、知らない人から知らない「物語」をもらわない。ひとつ、登下校の際に知らない「物語」が近づいてきた時は走って逃げる。皆さんはもう小学生なんですから、ちゃんと小さな子たちのことも守ってあげましょうね。ひとつ、「物語」をちゃんとお父さんお母さんに報告する。

　いいですね、子どもたち、今日シスター・アンナがしたお話を忘れないように。「物語」に出会った時に何て言えばいいのか困ったら、いつでも迷わずシスターたちに相談するのですよ。

　それでは最後に、皆で祈りを捧げましょう。天にまします我らの父よ、我々を「物語」からお守りください。そして「物語」と対峙する力を我々にお与えください。アーメン。

答え「　　個」

斧語り

斧《おの》は雨の日に買われた。

斧の体をふいに持ち上げたのは、ゆったりとした足取りで近づいてきた客だった。背の高い、がっちりとした体格の男は、斧の柄《え》の感触をぱんぱんと何度か軽く両手で持ち替えるようにして確かめると、最後に一度ぎゅっと握った。斧の柄はがちっとして、太いほうだったが、その男の手に斧はすんなりと収まった。

男は斧を握ったまま、ハリをとうに失い色あせた開襟《かいきん》シャツを着た店主に声をかけた。小さな金物屋は店主のシャツと同じように全体的に色あせて見え、店主はいつも退屈していた。

紙幣《しへい》と小銭が行き来した。斧はこれまで他の客に値踏みされたことはあったが、なぜだかいつも決まらなかった。この日は、男の大きな手のひらに収まった瞬間、決まるかもしれないと予感があった。そしてその通りになった。何事にも相性があるのだと、斧はこの時知った。

男は茶色の紙袋でぞんざいに巻かれた斧をかばうように脇の下に抱えると、小雨の中、傘もささずに走った。ごわごわした紙袋に濃い水玉模様がいくつもでき、男のシャツとズボンも水玉に染まった。思えばはじめから、斧と男はおそろいだった。

去年亡くなったぼくの祖父は、稲田貞一《いなだていいち》といって、三歳年上の「姉さん女房」である祖母、公子《きみこ》との間に子どもを四人つくった。

ぼくの母、絵美《えみ》は末っ子で、唯一の女の子だったせいか、息子たちには厳しかった祖父にかわいがられて育ち、上三人が坊主になんてなりたくないと寺を継がずにさっさと家を出ていったのをいいことに、成人しても家に居続け、婿養子をもらった。そしてぼく、薫《かおる》が生まれた。

ぼくは母の上三人の兄たちと同じように、寺が嫌だったし、寺を継ぐなんてもっと嫌だった。檀家《だんか》さんたちが当たり前みたいにぼくの家にあがってお茶を飲んでいる日常、町中の人に知られていて見張られている気分になる日常、これじゃプライバシーなんてあったもんじゃないし、ずっとぼくにはぼくだけの家がないと感じていた。

だから、高校を卒業すると、東京の専門学校に願書を出して、さっさと家を出た。

母は悲しんだけど、田舎の寺に息子を押し込めるのもかわいそうだし、薫は今時の子だし、私だって昔は東京に行ってみたいと思ったことがある、とふわっとしたいつかの夢を少し潤んだ目をして語り、ぼくの願いを受け入れてくれた。父の光雄《みつお》は祖父があまりにも健勝なせいでいまだに寺の二番手に甘んじていたから、とりあえずまあ、いいんじゃないかと言った。坊さんなんて、後でいくらでもなれる。

祖父は、生前、一本の斧を大切にしていた。

その日の法事や檀家まわりが終わると、祖父は黒の埃《ほこり》くさいホンダのタイヤをぎゅうぎゅういわせながら、寺の裏道である、舗装されていない砂利《じゃり》だらけの急な坂を上り、ぼくたちの寺に戻ってきた。

寺の正面には石段があり、参拝者やぼくの家族は基本的にこっちの階段を使っていた。ぼくが小学校低学年だった頃、父は炎とかがペイントされたダサいデザインのモトクロスバイクにはまっていて、ある時嫌がるぼくを後ろに乗せると、バイクで石段を駆け下りた。

十秒にも満たない時間だったけれど、その十秒は長くて、恐ろしくて、息ができなくて、下までたどり着き、自ら投げ出されるようにバイクから解放されたぼくは、父を馬鹿《ばか》じゃないかと思いながらめちゃくちゃ泣いた。父は困ったような顔をしていた。

そして、そんな二人の様子を、石段の脇に建つトタン屋根の民家に住んでいた一つ上のちひろちゃんが、二階のベランダに寄りかかってつまらなそうに見ていた。膝上《ひざうえ》のスカートからのびる脚《あし》がすごく細かった。

帰ってきた祖父は、奥の自室で袈裟《けさ》を脱ぎ、ランニングシャツとズボンに着替えると、祖母と母が適当に過ごしている台所や小さな居間に顔を出してから、寺の裏手にある空き地に向かい、夕飯までそこで薪《まき》割りをして過ごす。

斧はいつも、祖父が建てた薪小屋《たきぎごや》の中にあった。夜中、降ってきた雨や雪に斧が濡《ぬ》れてしまわないように、祖父は常に気をつけていた。そして、定期的に手入れをしていた。

寺は山の麓に位置していたから、木材はいくらでも手に入った。

とはいえ、住職である祖父は勝手に切り倒すようなことはなく、山の頂上をならして、子どものテーマパークを建設している建築業者の人たちから手頃な大きさの木をもらったり、テーマパークが完成した後もその人たちが、ほら、お上人《しょうにん》に、とちょくちょく持ってきてくれるのがほとんどだった。

恐竜の模型とアスレチックの遊具がいくつか置かれた、今思えばしょぼいテーマパークだったけど、急な来客に備えて必ず誰か寺にいなくてはならないせいで、あまりいろんなところに遊びに連れていってもらえなかったぼくは、そのパークができるのを楽しみにしていたし、開園してからは、テーマパークのこんなに近くに住んでいるなんてすごいと、毎日飽《あ》きずに興奮していた。

パークの入り口にはお菓子が売られている売店があって、母と祖母はこれでぼくに請《こ》われるままスーパーまでお菓子を買いに行かなくて済むと喜んだ。でも、テーマパークは数年でさびれ、閉園し、売店は撤収され、後には恐竜の模型だけが残された。

祖父は斧を手に取ると、その柄を満足そうにしばらく撫《な》でさすり、少し離れて見ているぼくは、その持ち手がすべすべしていることを知っていた。祖父は滅多なことではぼくに斧を触らせなかったけれど、祖父が見ていない隙《すき》に何度か触れてみたことがある。なんで触れてみたかったのか、今思うとよくわからない。

　大人が集う寺で退屈していた子どものぼくはよく時間を持て余し、木を割る祖父を見に行った。そうじゃない時は、近所の子どもたちと墓地で鬼ごっこやかくれんぼをしたり、墓の脇から生えているつくしやぺんぺんぐさを乱獲したりもした。

　祖父は斧と木に向かっている間、ぼくが近くで見ていることも忘れていた。夏ならランニングシャツの前あたりが汗ばみ、冬なら祖父が好きなタバコの煙みたいに口から白い息が吐き出される。

　祖父は木によって、力の込め方や斧の角度を調整しているようだった。でもぼくの目には、祖父は斧を握っているだけで、斧が自ら加減を調節しているように見えた。

　そして、カン、コン、ポン。木が割れると、乾いた、見事な音がした。

見ていると、祖父と斧はまるで運命共同体みたいに、息がぴったりで、横でぽかんとしているぼくなんかよりずっと強い絆で結ばれているようだった。

　祖父が地道に薪を量産し続けるので、家の風呂はいつまで経っても焚《た》きつけ式で、母と祖母は面倒だと陰でこぼしていた。でも、祖父には他に趣味もなかったから、黙認しているみたいだった。

小学校高学年の頃、ぼくはなぜか祖父に「手伝いたい」と甘えた声を出した。なぜだったか覚えていないけど、その日はいつものような丸太状の木ではなく、細長い木材を祖父が割っていて、それなら自分でも何かできる余地があるように思ったのだと思う。

たぶん、放課後は友達と遊ぶことが増えたせいで、祖父の薪づくりを見守ることも少なくなって罪悪感があったのかもしれない。祖父自体はぼくがいようがいまいが関係なかったに違いないのに。

ぼくの言葉に祖父は一瞬当惑した表情を見せたが、それからすぐにその表情を引っ込め、「よし、そうか、やってみるか」と、まるでシチューのＣＭに出てくる大草原のお父さん、みたいな大らかさをなんとか取り繕《つくろ》った。祖父は無口で、神経質なタイプだった。

ここを押さえているようにと、祖父はセメントブロックの上に渡した木の端《はし》に、頼りないぼくの手を誘導した。そこならば安全だと思ったのだろう。賢明な判断だった。

でも、ぼくは賢明な子どもではなかった。

タイミング悪く、一匹の蝶《ちょう》がぼくと祖父と斧の間にひらひらと現れた。銀色と黒のきれいな蝶だった。ぼくが反射的に蝶に手を伸ばした瞬間、祖父が斧を振り下ろした。

自分の中から、父のバイクの時なんか目じゃない音量の泣き声が出てきた。

母に切るように言われていたのに生返事で伸ばしっぱなしだった爪《つめ》の端が斧の刃に触れ

ただけなのに、ぼくはあの時鋭い痛みを確かに感じた。あらん限りの情熱を込めてぼくは叫び続け、しばらくして母が空き地に走り込んできて、その後に祖母も続き、斧を右手につかんだ祖父は終始困ったような表情をしていた。そしてぼくは母と祖母に、祖父が空き地にいる間は近寄ることを禁じられた。

　だから、祖父の遺書に、孫の薫に斧を譲ると書いてあると知って、ぼくは普通に戸惑った。

　これは一体なんの冗談だろうと、斧は思った。

　見知らぬ部屋はあの空き地よりもずっと狭く、薫とかいう幼い頃から軟弱な孫は、斧をさっさと部屋の端に立てかけた。その手つきはぞんざいで、雨風にさらされないようにと、斧をいたわるように毎日小屋に片づけてから母屋に戻っていった、貞一の優しいそれとは雲泥《うんでい》の差だった。

「もー、いらないっていったじゃん、なんで勝手に送ってくるの。やめてよ、ワンルームの部屋に収納なんかないも同然なのに！」

　しばらくすると、薫の抗議する声が部屋を満たした。沈黙の後、

「ラインで済まさずに電話しただけでもえらいでしょ」

　薫は冷たい声で言うと、通話を終え、スマートフォンをベッドの上に放り出した。ここ

では斧は厄介者だった。

一時間ぐらい経った頃だろうか、玄関のドアがガチャガチャと音を立てはじめ、開いた。電話の後ずっと、腹ばいの姿勢で、ベッドの上でスマートフォンをいじっていた薫は、途端にベッドから起き上がると、笑みを浮かべてしまいそうになるのをなんとか押し込めようとしているらしい、なんとも言い難い表情で、狭いというより細い玄関に向かった。

「ただいま」

薫よりもちょっと低い声がして、ぱっと見た瞬間、薫が二人いると錯覚《さっかく》しそうになるくらい、薫によく似た背格好の青年が部屋に入ってきた。前髪を六四で分けた髪型までそっくりだが、間違い探しのように分け目は逆だった。

「思ってたより早かったね」

薫の声は、さっきの電話が嘘《うそ》のようにはずんでいる。

「うん、研修早めに終わったから。駅前で松屋の牛めし買ってきた。食べよ」

「すごい。牛丼食べたいと思ってた」

青年はガシャガシャと音を立ててビニール袋から牛丼を二つ取り出すと、必要十分という言葉が浮かぶ大きさの白い楕円形のテーブルの上に並べ、薫は玄関を入ってすぐの小さな台所から箸《はし》を二膳持ってきたが、あ、そうか、割り箸ついてるね、でも割り箸のほう取っとこうか、何かの時のために、ピクニックとか、ピクニック行きたいね、などと独り言のように早口で言いながら、箸をそれぞれの牛丼の前に添《そ》えた。青年の箸が置かれた向きから、彼が左利きであることがわかった。

　あぐらをかいた二人は早速箸を手に取ると、いただきますと同時に、旺盛な食欲を見せ、勢いよく牛肉と白米を口に運びはじめた。

「おいしいね」

「うん、おいしいね」

「牛丼って、忘れた頃に食べるとほんとおいしいよね」

「でも、毎日食べても意外とおいしいよね」

「確かに」

　斧は部屋の隅っこから、牛丼をがつがつと食べる青年二人をぼんやりと見ていた。斧は貞一が食事するところを、そういえば見たことがない。

　その日のうちに、もう一人の青年の名前が祐樹《ゆうき》であることがわかった。薫に「ゆうくん」と呼ばれている彼は、薫と同じく美容師の卵で、二人は専門学校で出会い、今は別々の美容室に勤務している。付き合いはじめたのは半年前だ。

　数日経つと、双子のように見えた二人も、顔の特徴の違いがわかるようになってきた。本来そんなに似ていない顔立ちの二人は、流行りの髪型や服装のせいで雰囲気が似通って見えた。髪の色も飴玉みたいにころころ変わった。夏は白いランニングシャツ、冬になると毎年同じワークジャケットを羽織っていた貞一しか知らない斧には、若い彼らはまったく違う惑星の生き物だった。

二人を見ていると、坊主の貞一の、バリカンで剃《そ》り上げる直前の、数ミリほど生えてきた髪が総白髪になり、髭《ひげ》も白くなり、肌には皺《しわ》が刻まれ、少しずつ筋肉が失われていったことを思い出し、斧はさみしくなった。貞一が丁寧に使ってくれたおかげで、斧はまだまだ現役といってよかった。貞一の汗と手の脂が長年染み込んだ持ち手も、深い、いい色に変化している。

駆け出しの若い二人は裕福ではなかったが、服やアクセサリーを貸し借りし、決して楽ではない業界でやっていこうと互いを支え合って暮らしているようだった。かわいいマグカップを買ってきては、かわいいね、と言い合い、狭い部屋を飾りつけ、斧が聴いたこともないようなちゃかちゃかと音が多い音楽を流し（天気予報を知りたいからと言い訳しながらラジオを聴いていた貞一が、本当はクラシックを好きだったことを斧は知っている）、狭いベッドでくっついて眠りにつく二人は、斧の目には目新しく映った。何しろ斧は、貞一しか知らなかったから。本来は薫を含め、貞一の家族たちも斧の周りで生活していたはずだが、貞一を自分のものだと信じ込んでいた斧は、貞一の家族など、いないも同然だったのだ。

「相棒」

そう貞一は斧のことを呼んだ。「なあ、俺の相棒」と。それは世界で貞一と斧しか知らないことだった。

「ねえ、この前さ、牛丼食べてたら、いきなり部屋に斧が立てかけてあるのが目に入って、ぼくがびっくりして牛丼喉《のど》に詰まらせたじゃん」

「あー、うん、あったね、そんなこと」

薫と祐樹は瞬《まばた》きも惜しむ真剣な表情で、二十四インチのテレビの液晶画面を見つめている。画面にはゾンビの大群がうようよとうごめいていて、二人がコントローラーで操っているハンターたちは迫り来るゾンビを斧でなぎ倒している。

「あん時、ぼく、薫に本気で殺されるかと思ったよ」

「あれはビビるよね、ごめん」

「連続殺人鬼かと思ったじゃん」

「実際、人は見かけによらないとかあるからね」

「脅《おど》かすのやめてよ」

二人はゾンビと闘いながら、軽口をたたき合い、そんな二人の会話がろくすっぽ耳に入ってこないほど、斧はテレビ画面に映し出されている光景に衝撃を受けていた。

画面の中で斧を振り回している、薫と祐樹と同じ人間たち。今やこんな風に斧を使うことができるのなら、現実の斧など無用の長物に過ぎないのではないか。テレビゲーム以外に、二人が斧を必要とすることは皆無だった。

すでにもう、斧の時代は終わっていたのだ。貞一がこの世からいなくなり、斧の居場所もなくなったのだ。電話をかけていた時の薫の冷たい声も、今なら理解できた。

斧はこのまま、ベッドの下（仮に喧嘩でもして頭にカッと血が上ったりしたら危ないから、と二人がここに移動した。ビニール袋で斧の刃の部分をぐるぐる巻きにした後で）に放置され続けることになっても致し方ないと、自分が置かれた状況を受け入れることにした。貞一が斧でもきっとそうしたことだろう。

「うわ、ベランダの棚、カビてるよ！」

不規則な休日が重なった木曜日、洗濯物を干しにベランダに出ていた祐樹が大きな声を出した。

「え、うそ」

一つしかないコンロで焼きそばを炒めていた薫は火を止めて、数年前に買い今ではベランダではいているビーサンをいつものように靴下《くつした》をはいたままつっかけると、外に出た。

一緒に住みはじめた時、もともと薫が住んでいた部屋に祐樹が荷物を運び込んだのだが、祐樹の無印良品の棚のほうが、薫のリサイクルショップで手に入れた数千円の化粧板の棚よりも明らかに見栄えがよかったので、薫の棚は処分することにしたものの、邪魔だから一旦ベランダに出したところ、そのまま日が経ってしまった。

かつては白かった棚は悲惨なことになっていた。ひさしのないベランダにカバーもつけずに数ヵ月以上出しっぱなしにしていたせいで、棚板はところどころ不恰好にたわみ、全体的にカビていて、黒い色調の迷彩柄で覆われていた。

「やば」

薫は一目見て、呆気《あっけ》にとられた。

「なんで気がつかなかったんだろう。洗濯物干したり取り込む時に、何度もベランダに出てたのに」

「最近二人とも忙しくて、余裕なかったじゃん」

洗濯物を干し終えた祐樹が薫のすぐ横に来て言う。

「確かに」

盛大にカビている棚を凝視したままで、二人は話し合った。

「いい加減粗大ゴミに出さないと」

薫が諦めた調子で言うと、

「てか、こんなひどい状態の出していいのかな」

祐樹が参ったね、と息を吐きながら言い、

「そうだ、棚を解体してゴミ収集用のビニール袋に納まるようにしたら、燃えるゴミでいけるんじゃない。うちの区、たぶん大丈夫だったよ」

とちょっと明るい声で続けた。

「そんなことできるの？　でも、うん、粗大ゴミは出す時連絡しないといけないし、なんかシール買わなきゃいけないし、面倒だからそれがいいかもね。ホームセンターでノコギリ買ってこないと」

そう薫が言うと、

「うちには立派な斧があるじゃん」

祐樹は肝心なもの忘れてるんだからと、にやりとした。


つくりかけだった焼きそばを食べた後、二人はもう一度、ベランダに出た。下に何か敷いたほうがいいだろうと考え、以前共通の友人たちと花見をした際に買った百円ショップのビニールシートと斧を携《たずさ》えて。カビ対策に、髪を染める時のグローブをつけた。

かろうじて持っていたプラスドライバーで棚の要所要所に留められたネジを外すと、すでにやわやわになった木材の小さな束ができあがった。

薫の細い手につかまれた最初、斧は不本意だった。なにしろ薫は、斧の刃が爪の先をかすっただけで狂ったように、大げさに泣きわめいたのだ。そんなやつに、斧を使う資格はなかった。貞一の大きな分厚い手の感触、季節によって貞一がはめていた軍手や革の手袋の感触、それだけ覚えていたかった。

しかも、なんだこの薄汚い板は。こんなものに自分を使われるなんて、斧には自分への冒瀆《ぼうとく》に思えた。

物干し竿を固定していた二つのブロックを左右に置くと、その上に板を置く。祐樹が板の片方を押さえ、薫がもう片方の端を足で踏むと、斧をふりかざした。狭いので、小さく。もともとぐにゃっとしていた板は、小気味よい音を立てることなく、二つにあっけなく分かれた。

「わ、すごい、きれいに割れた」

祐樹が褒《ほ》めると、薫がまんざらでもない表情になる。

「ぼくもやってみたい。次、ぼくにやらせて」

すぐに交代したがった祐樹が今度は同じ動作を繰り返す。

「すごい」

「すごい、なんか木こりになった気分」

薫と祐樹は一回ごとに交代し、お互いを讃えあった。そして、意味がわからないほど楽しそうな二人に使われているうちに、斧はこれまで感じたことのない気持ちに襲われ、困惑した。

十枚もない板を割ってしまうと、棚の背面の一番大きく、しかし一番薄くて弱い板は斧を使うまでもなかった。まず真ん中で折って、二つに割ると、それをそれぞれがさらに二つに折った。すべてまとめて四十リットルの透明なゴミ袋二つに納めると、ベランダはすっきりと片づいた。二人は達成感でいっぱいで、相変わらず楽しそうで、斧はそんな二人の間で、自分の感情にまだ戸惑っていた。

その後、斧はまたベッドの下にしまわれ、出番がないまま過ごしていた。もうこれからは余生と考え、薫と祐樹の生活する音を聴きながら、ここでこうしているのも悪くないかと、斧がすっかり寛《くつろ》いだ気持ちになっていた頃、二人の声にある調子が混ざるようになったことに斧は気づいた。

それは怯《おび》えだった。

二人の部屋の外の世界では未知のウイルスが蔓延しはじめており、そのウイルスは人から人へと感染するらしい。斧の脳裏には、二人が一時期熱心にプレイしていたテレビゲームに出てくるゾンビの姿が浮かんだ。

守ってやる。

斧は思った。そして、あの棚を解体した日、二人に対して感じた気持ちは今、この瞬間の気持ちと同じであることに気づいた。

守ってやりたい。

ゾンビに襲われるかもしれないというのに、美容業界は自粛《じしゅく》対象にならなかったからと、二人は斧にはよくわからない会話を交わし、こわいね、不安だねと言いながらも、丸腰で毎日働きにいった。残された斧は、部屋で一日気を揉《も》んで過ごした。

幸運にも、毎日二人はゾンビに噛《か》まれることなく家に帰ってきた。思ったよりも、この二人は強いのかもしれないと斧は思ったが、部屋に入ってくるマスクをした顔は相変わらず頼りなくて、とてもそんな風には見えなかった。

夜、二人がそれぞれ帰ってくるたびに、ドアはガチャンと音をたてた。もし三回目のガチャンが聞こえたら、それがきっと合図だ。テレビ画面の中で、ハンターを部屋まで追いつめ、襲いかかってきたゾンビの群れ。

守ってやる。絶対に守ってやる。

マスクを外し、頰《ほお》に跡がついてるよと笑いあっている二人の声を聞きながら、斧はこの先に潜んでいるかもしれない危険の音に耳を澄《す》ませた。

男の子になりたかった女の子になりたかった女の子

男の子になりたかった女の子になりたかった女の子は、日本で生まれ、日本で育つ。兆《きざ》しは早い段階からあらわれる。男の子になりたかった女の子になりたかった女の子は幼稚園や小学校で「男の子」「女の子」と区分けされる様々な物事に鈍感《どんかん》だ。ピンときてもいない。とはいえ、男の子になりたかった女の子になりたかった女の子は「大人になったらなりたい職業」に一度は「ケーキ屋さん」と書き記す。女の子たちは皆、「ケーキ屋さん」と書いていた。男の子になりたかった女の子になりたかった女の子はシルバニアファミリーやお人形遊びに明け暮れたが、それが女の子の遊びだとは一度も意識したことがない。それはただ、彼女の、その時の、お気に入りの遊びであるだけだ。男の子になりたかった女の子になりたかった女の子は走り回るのが好きだ。男の子になりたかった女の子になりたかった女の子は本を読むのが好きだ。男の子になりたかった女の子になりたかった女の子は星座が好きだ。男の子になりたかった女の子になりたかった女の子は恐竜が好きだ。男の子になりたかった女の子になりたかった女の子は弟とテレビゲームをするのが好きだ。

男の子になりたかった女の子になりたかった女の子と彼女の弟は母に連れられ、年に数回、アニメ映画の二本立てを見に行く。入り口の係員は、男の子になりたかった女の子になりたかった女の子にプロレスアニメのフィギュアを渡し、孤児となった少女が実はお金持ちだったことがわかる世界名作劇場のぬり絵を弟に渡す。こういうことは何度か起こる。姉は愛想がなく、弟には愛嬌《あいきょう》がある。二人とも同じ髪型をしている。家族が暮らすのは日本の西にある地方都市だ。美術館も水族館も動物園も小さなものがひとつずつ。バリエーションなど望むべくもないが、男の子になりたかった女の子になりたかった女の子は特に不満を覚えるわけでもない。しかし、転機が訪れる。中学生になる頃自宅に取りつけられた有線チャンネルが、男の子になりたかった女の子になりたかった女の子に息つく間もなく新しい情報を与えていく。スポーツチャンネル。音楽チャンネル。歴史チャンネル。アダルトチャンネル。ドキュメンタリーチャンネル。チャンネルは無数にある。男の子になりたかった女の子になりたかった女の子はテレビっ子と化す。そして、男の子になりたかった女の子になりたかった女の子は、男の子になりたかった女の子ととうとう出会う。そこは洋画チャンネルだ。『恋しくて』。八〇年代後半のアメリカ映画。男の子になりたかった女の子になりたかった女の子はまるで男の子のような格好をしたショートカットの女の子の虜《とりこ》になる。こんな女の子は今まで見たことがない。かっこいい。かっこいい。かっこいい。男の子になりたかった女の子になりたかった女の子の全身が叫び続ける。かっこいい。かっこいい。かっこいい。男の子になりたかった女の子になりたかった女の子は、この瞬間、男の子になりたかった女の子になりたかった女の子となる。男の子になりたかった女の子の名前はメアリー・スチュアート・マスターソン。男の子になりたかった女の子になりたかった女の子はその名前を胸に刻みつける。その名前は、新たな男の子になりたかった女の子に出会わせてくれる。今度は映画館で。母と一緒に観た『フライド・グリーン・トマト』。キャシー・ベイツが演じた「欲求不満の主婦」の気持ちがわかると母は言い、男の子になりたかった女の子になりたかった女の子は映画の中の男の子になりたかった女の子の名前を英会話教室での自分の名前にする。イジー。教室にはクララやエリザベスやエリックがいる。女性同士の友情と愛情をテーマにしたこの映画は男の子になりたかった女の子になりたかった女の子にとってひとつのはじまりとなる。男の子になりたかった女の子になりたかった女の子はどんどん映画を見る。男の子になりたかった女の子になりたかった女の子は男の子には憧れない。男の子になりたかった女の子にだけ憧れる。男の子になりたかった女の子がまた見つかる。金髪の女の子が溢れる画面の中で、たったひとりだけ暗い髪の色をして暗い目をした女の子。ウィノナ・ライダー。男の子になりたかった女の子になりたかった女の子はウィノナ・ライダーに夢中になる。男の子になりたかった女の子になりたかった女の子は自分がただ髪の短い女の子に反応しているだけではないことに気づく。男の子になりたかった女の子の中で男の子になりたかった女の子の概念が深まる。今いる場所に居心地の悪さを覚えている女の子、自分が永遠の「部外者」であることを直感している女の子。それが男の子になりたかった女の子になりたかった女の子がそれから何十年も経ってから定義する男の子になりたかった女の子だ。男の子になりたかった女の子は男の子の格好をして女の子であることから逃げる。これも何十年後に気づくことになるが、男の子になりたかった女の子になりたかった女の子も逃げたい。だから、男の子になりたかった女の子に惹《ひ》かれる。映画の中の男の子になりたかった女の子に男の子になりたかった女の子になりたかった女の子の魂は共鳴する。共鳴している。日本の地方都市で男の子になりたかった女の子になりたかった女の子はそう信じる。日本はバブル後期だ。男の子になりたかった女の子になりたかった女の子の両親はバブルに関係なく、もちろん男の子になりたかった女の子になりたかった女の子にも関係ない。街のどこにもバブルはない。バブルはテレビの中にだけある。男の子になりたかった女の子になりたかった女の子はテレビの中のバブルを見つめる。肩パッド。原色のスーツ。男にも女にもじゃらじゃらした金色のチェーン。逆立った前髪。女たちの凄まじい毛量。大げさで浮き足立った全体のムード。男の子になりたかった女の子になりたかった女の子は、作品として、バブルをいいと思わない。意味がわからない。男の子になりたかった女の子になりたかった女の子はテレビから社会を吸収する。男の子になりたかった女の子になりたかった女の子は、作品として、社会をいいと思わない。ＯＬたちがお茶汲みをし、男たちにお尻を触られている。彼女たちが抗議をする場面はない。トイレで愚痴《ぐち》を言うことはたまにある。これが職場だ。体に合っていないスーツを着た男たちはにやにやした表情を顔に貼りつけている。これが大人だ。男たちのために用意された女の水着やヌード広告がテレビで流れ、薬局に貼られ、街角に貼られ、飲み屋の店内に貼られ、男の子になりたかった女の子になりたかった女の子の目に毎日飛び込んでくる。通学路には変質者が現れ、駅前の横断歩道を渡ればすれ違った高齢の男に胸を触られ、停めていた自転車のかごには女性器がアップになった粒子の粗い白黒写真が放り込まれている。男の子になりたかった女の子になりたかった女の子はその写真を見てショックを受ける。そのパーツを卑猥《ひわい》なものとして差し出した男の視線が、その瞬間、男の子になりたかった女の子になりたかった女の子の視線に乗り移る。それを卑猥なものとして彼女は理解する。そのパーツは自分の体にもあることに男の子になりたかった女の子になりたかった女の子は鈍感だ。自分も男たちにとっては広告のひとつ、写真のひとつなのだと気づかない。ひとつひとつの出来事から感じた不可解さと不快さを心の隅に追いやる。親にも友達にも誰にも話さない。男の子になりたかった女の子になりたかった女の子は映画雑誌を読み、男の子になりたかった女の子の写真を切り抜く。雑誌の中の映画評では女の濡れ場やヌードが見せ場として紹介され、そういった場面の写真が添えられている。男の子になりたかった女の子になりたかった女の子は傑作《けっさく》だと評される映画を見てみる。その多くの中で、女はとても性的だ。性的に登場し、性的に話し、性的に動き、性的に扱われる。男の子になりたかった女の子になりたかった女の子はそれでもいいところを探そうとする。何しろこれは傑作なのだから。けれど好きではない。少しも好きではない。それは男が選んだ男の傑作だ。男の子になりたかった女の子になりたかった女の子はファッション誌を読む。九〇年代。女の子たちが自由で奇抜な服装をして、自由で奇抜な特集が組まれている。しかしここにも男が選んだ男の傑作の数々が紛れ込む。本当に女の子のことだけを考えて選んだとは思えない本や映画や音楽のレコメンド。男の子になりたかった女の子になりたかった女の子はまだ取捨選択ができない。なんだって読むし、なんだって見るし、なんだって聴く。彼女自身の感情と、感覚と、少しも響き合うところがない傑作に男の子になりたかった女の子になりたかった女の子は混乱する。何十年経った後、男の子になりたかった女の子になりたかった女の子は思う。男の傑作のおかげでそれなりに時間を無駄にしたと。視界は悪い。すべてが混じり合い、まぎれている。それでも男の子になりたかった女の子になりたかった女の子は見つめることをやめない。男の子になりたかった女の子を見つけたように、混沌の中に、男の子になりたかった女の子になりたかった女の子の真実の瞬間を、彼女にとっての傑作を見つけていく。見つけた時の魂の震えを記憶する。その記憶が増えれば増えるほど、つまり歳をとればとるほど、男の子になりたかった女の子になりたかった女の子は自分の感覚に自信を持ち、男の子になりたかった女の子になりたかった女の子の中に巣くった男たちの視線が上書きされる。男の子になりたかった女の子になりたかった女の子はもっと上書きしなければならない。男の子になりたかった女の子になりたかった女の子は吸収した数十年分の毒を上書きしたい。今この時も垂れ流されている毒を。男の子になりたかった女の子になりたかった女の子は見つめ続ける。時代の変化を。テレビの中と外を。男の子になりたかった女の子になりたかった女の子は女の傑作にたくさん出会う。傑作なんて言葉、不自由で野暮ったくもあるけれど、言ってみる。女の傑作。数百年前から、数十年前から存在するのに教えてもらえなかった、出会えなかった女たちの作品がどんどん浮かび上がってくる。そして新しい作品もどんどん顔を出す。女たちの作品がつながっていく。女たちがつながっていく。男の子になりたかった女の子になりたかった女の子は狂喜する。歳をとったウィノナ・ライダーを見て傷ついたと言った男を男の子になりたかった女の子になりたかった女の子は鼻で笑う。男の子になりたかった女の子を主人公にするために、その他大勢にされた女の子たちのことが男の子になりたかった女の子になりたかった女の子は今では気になる。彼女たちにもそれぞれ物語があったはずだと思う。男の子になりたかった女の子に出会った日を大切にしながら、男の子になりたかった女の子になりたかった女の子は今日も混沌を生きる。男の子になりたかった女の子になりたかった女の子は心の中でこう唱える。自分でつくり上げてきた自分だけの目を信じろ。

解説　過去の未来の、遠くの近くのものたちと、この手を繋ぐ

小林エリカ

なぜ、わたしは、パンツがはみ出るようなブルマをはかされていたのだろう。

なぜ、わたしは、身を固めなくちゃいけなかったのだろう。

なぜ、女らしく、しないならしないで、男勝り、というレッテルを貼られなくちゃいけなかったのだろう。

なぜ、わたしは、常に選ぶ側ではなく選ばれる側であったのだろう。

なぜ、なぜ、ということさえ、これまで、わたしは、気づけなかったんだろう。


わたしは、松田青子さんのこの本を、何度目かに読み返しながら、泣きそうになる。

「嫌だったことに、本当に嫌だったことに気づいたのは、だいぶ時が過ぎてから、大人になってからだった。」

『許さない日』の主人公は言う。

わたしも、だいぶ時が過ぎてから、大人になってから、ようやく気づいたことがある。

この本で、はじめて気づいたことがある。

わたしは、はじめて、わたしが嫌だったことに、わたしが気づけなかったことに、気づく。

わたしが泣きそうなのは、なぜ、に気づいて、悲しいし、悔しいから。

これまで、なぜ、に気づけなかったことが、悲しいし、悔しいから。

けれど、わたしが泣きそうなのは、同時に、安堵からでも、希望からでも、ある。

あぁ、これって、わたしひとりだけのことじゃなかったんだ。

『スタッキング可能』のデビュー作から、『おばちゃんたちのいるところ』『持続可能な魂の利用』『女が死ぬ』と、パワフルに、ときに滑稽なほど切実に、なぜ、という痛快な声がけをしながら、気づきを降臨させ、わたしは、わたしたちはひとりじゃないということを、知らしめ続けてきてくれた松田青子さんの作品に、わたしはどれほど励まされてきたことか。

いつだって取り替え可能で、いつだって性的に消費され、いつだって軽んじられ、それでも可愛くて愛想がいい、女という存在であれと強要するのがこの社会であるならば、そんなのぶち壊せばいいじゃない、というメッセージとともに、その作品には実際、ぶち壊しかたが提示されているのだが、そのぶち壊しかたの、スタイリッシュさと美しさよ。ときには、赤いアイシャドウが、ときには、手作りのショートブレッドが、武器になる。

そうだ、わたしは、この社会の中で、わたしは、苦しかったのかも。これまでずーっとうっすら息ができないみたいだったのかも。ぶち壊されたものたちのただなかで、わたしは、また泣きそうになる。

わたしは、ずっと、なにもかも気のせいだよねとやり過ごしたり、わたしの努力だとか、我慢だとかが足りないせいかなとか、気づかないふりをしつづけてきたのかも。

「自分の体を気遣うよりも周囲に迷惑をかけないほうが大事、という社会のルールがすっかり身についている」のは、わたし、でもある。

「生活していると、学校に通っていると、働いていると、自分の体は自分のものじゃないみたいに感じることのほうが多かった」のは、わたし、でもある。

「この社会にずっと酔っているようなもの、〝人生〟酔いをして生きているようなもの」なのは、わたし、でもある。

けれど、『この世で一番退屈な赤』の主人公の生理の血が、ある日、オレンジジュースになるとき、ある日、小魚が泳ぐ小川のせせらぎになるとき、主人公の言葉とともに、わたしは、開眼する。

「私の生理ってきれいだったんだ。」

けれど、『男の子になりたかった女の子になりたかった女の子』が「数百年前から、数十年前から存在するのに教えてもらえなかった、出会えなかった女たちの作品」の存在を知るようにして、わたしは、それらの作品たちと連綿と連なるものたちのうちのひとつである、この本に出会う。

けれど、『誰のものでもない帽子』の主人公がウイルスの流行下の日本で夫から逃げ、一歳半の子どもを連れて泊まったアパートメントホテルのベッドと壁の隙間からひょっこりでてきた子どもの帽子を手にするようにして、わたしは、この本を手にして、その向こうにいるものたちと、手を繋ぐ。

「許さない、という希望をわたしたちは信じる。わたしたちは、わたしたちの魂を救わなければならない。」

『許さない日』の主人公は言う。

わたしは、わたしの体が、わたし自身が、わたしのものである、というあたりまえ。

わたしは、おかしいのは、わたしではなく、この社会のほうだ、というあたりまえ。

ぶち壊されたものたちを踏み越えて、一歩踏み出した先に見える景色は、愛おしい。

わたしの、わたしたちの、魂を救うために、この作品、この本という、最高にスタイリッシュで美しい武器を手に、大きな声で一言一句を復唱したい。

わたしの、わたしたちの、声が、なぜ、が、赤いアイシャドウが、手作りのショートブレッドが、この世界のあちこちに、ベッドと壁の隙間にも、散らばり、埋め込まれたらいい。

わたしが、わたしたちが、何度でも、過去の未来の、遠くの近くのものたちと、出会い、手を繋ぐことができるように。

（こばやし・えりか／作家・アーティスト）

初出一覧

天使と電子
…「MONKEY Vol.6 音楽の聞こえる話」(2015年6月　スイッチ・パブリッシング)

ゼリーのエース(feat.「細雪」&「台所太平記」)
…「文学界」(2015年7月号　文藝春秋)

クレペリン検査はクレペリン検査の夢を見る
…「群像」(2019年1月号　講談社)

桑原さんの赤色
…『小説版 韓国・フェミニズム・日本』(2020年5月　河出書房新社)

この世で一番退屈な赤
…「IMA vol.26」(2018年winter号　アマナ)

許さない日
…「早稲田文学 女性号」(2017年9月　筑摩書房)

向かい合わせの二つの部屋
…『団地のはなし』(2017年4月　青幻舎)

誰のものでもない帽子
…「婦人公論.jp」(2021年4月　中央公論新社)

「物語」
…「早稲田文学 2014年秋号」(2014年8月　筑摩書房)

斧語り
…「群像」(2020年8月号　講談社)

男の子になりたかった女の子になりたかった女の子
…「i-D Japan no.6　フィメール・ゲイズ号」(2018年9月　Vice Media Japan)

『男の子になりたかった女の子になりたかった女の子』
二〇二一年四月　中央公論新社刊

中公文庫

男《おとこ》の子《こ》になりたかった女《おんな》の子《こ》に
なりたかった女《おんな》の子《こ》

2024年4月25日　初版発行

著　者　松《まつ》田《だ》青《あお》子《こ》

発行者　安部順一

発行所　中央公論新社
〒100-8152　東京都千代田区大手町1-7-1
電話　販売 03-5299-1730　編集 03-5299-1890
URL https://www.chuko.co.jp/

DTP　嵐下英治
印　刷　大日本印刷
製　本　大日本印刷

Published by CHUOKORON-SHINSHA, INC.
Printed in Japan　ISBN978-4-12-207511-5 C1193

松田青子の本　　中公文庫

おばちゃんたちのいるところ
Where The Wild Ladies Are

悩み多き現代人のもとへ、おばちゃん（幽霊）たちが一肌ぬぎにやってくる。ワイルドで愉快な連作集。世界幻想文学大賞、日伊ことばの架け橋賞受賞作。

女が死ぬ

「女らしさ」が、全部だるい。天使、小悪魔、お人形……〝あなたの好きな少女〟を演じる暇はない。シャーリイ・ジャクスン賞候補作を含む53の掌篇集。

持続可能な魂の利用

会社に追いつめられ、無職になった三十女が、女性アイドルに恋して日本の絶望を粉砕⁉　現実を生き抜くための最高エネルギーチャージ小説。